原来如此

[英]拉迪亚德·吉卜林 著　张煜 程衍申 译

诺贝尔
文学奖获得者
吉卜林
作品

新时代出版社
New Times Press
·北京·

图书在版编目（CIP）数据

原来如此 ／（英）吉卜林著 ； 张煜，程衍申译. ——
北京：新时代出版社，2015.6
ISBN 978-7-5042-1648-9

Ⅰ．①原… Ⅱ．①吉… ②张… ③程… Ⅲ．①童
话－作品集－英国－近代 Ⅳ．①I561.88

中国版本图书馆CIP数据核字(2015)第114080号

※

新时代出版社 出版发行

（北京市海淀区紫竹院南路23号 邮政编码100048）
北京嘉恒彩色印刷有限公司印刷
新华书店经售

*

开本 710×1000 1/16 印张 13.25 字数 97千字
2015年6月第1版第1次印刷 定价 22.00元

————————————————————————

（本书如有印装错误，我社负责调换）

国防书店：(010) 88540777　　发行邮购：(010) 88540776
发行传真：(010) 88540755　　发行业务：(010) 88540717

动物小说的魅力

安武林

动物小说在当下越来越火，越来越受孩子们的欢迎，这倒是一件很令人欣慰的事。尽管这种形式和题材的小说，早已经传入我国，但能被高度重视和如此畅销却不过是近些年的事情。这个原因是复杂的，但不管怎么说，动物小说的创作、出版，乃至翻译目前几乎达到了一个巅峰的状态。

这几本外国作家的动物小说集，倒也纯粹，是英国作家吉卜林和加拿大作家罗伯茨的作品。吉卜林的知名度比罗伯茨的知名度要大得多，原因是他曾荣获过诺贝尔文学奖，而他的文学成就不仅仅止于动物小说这个方面。相比之下，罗伯茨的知名度要小一些。动物小说在很多年内，都是一个小众圈内的读者喜欢，他知名度小的原因和这种形式和题材的被重视的程度情况类似。尽管动物小说已经大红大紫了，但在市场上流行的情况来看，读者对吉卜林的熟悉程度仍远远高于罗伯茨，出版的情况也如此。

其实，对于吉卜林的动物小说，尤其是这两部在世界范围都很流行的作品集，大家都达成了一个共识，也就是吉卜林的动物小说并不是纯粹的动物小说，动物只不过是他作品的一个表现形式，从科普的意义上说，几乎和动物本身关系并不大。他的作品机智，幽默，风趣，生动，故事性很强，耐读，因此格外受孩子们的喜爱。所以，人们依然乐意把他的小说归之为动物小说，但他的动物小说童话和寓言的色彩浓。

罗伯茨的小说和西顿的动物小说一样，属于纯粹的动物小说。按照人们的约定和共识，动物小说中的动物主人公，一般是不说话的，这几乎成了判定一部小说是不是纯粹的动物小说的一个标准。然而，这个标准对孩子们来说是毫无意义的，因为孩子们既不懂这些，也不关心这些，他们所关心的是小说是否好看。因此，吉卜林的小说占着很大的优势。

动物小说，一般具有科普的基础，这种基础就是关于动物本身的知识是动物小说的基本品质。也就是说，在普遍性之内，作家不破坏动物的基本物性原则，比如狼是食肉动物，我们不能让一只狼违背自己的饮食习性去吃草，从而让它变成一只食草动物。而在童话范畴内，是可以的，是被允许的。因为童话建筑的是理想的世界，为了它的最高理想，无论是出于道德，情感，还是美德原因，它都可以牺牲或者改变动物的物性原则。而动物小说是不可以的，这在罗伯茨和西顿的动物小说中表现得非常明显。

　　动物小说的魅力，来源于两个方面，一是人们对动物本身的好奇，除了那些宠物的爱好者之外，可以说大多数人对动物本身所拥有的知识是极其有限的。科普的知识犹如解剖学知识一样，无血无肉的，依然不能够引起更多读者的注意，在这方面，动物小说的作家担负起了重要的使命，他们近距离地观察动物，表现动物，将动物纳入到可以充分地展示自身的故事框架之内，将其某一点放大，让人们更清晰地认识动物，感知动物，犹如摄影的局部定格与放大一样。我们可以更亲切地认识动物，当然，是我们的同类。尽管我们喜欢以低等和高等来划分我们和动物们的界限，但我们是同类这个事实却无法改变。动物小说作家们是打破这种高等和低等界限划分的人，他们以同类来表现它们，怀着深刻的情感，爱或者憎。另外一个原因，就是动物小说家们高超的精湛的艺术表现技巧，让我们从文学的角度来亲近动物，认识动物。在他们的笔下，动物是具有人的品质的，他们或者表现人与动物之间的关系，或者表现动物与动物之间的关系。

　　一切的动物小说，毫无疑问，都直接映射我们人类的品质和关系。动物世界，除了那点科普的区别之外，它们就是我们人类世界的另一种表现方式。大自然的法则，对动物和人类是一视同仁的。我们通过阅读动物小说，不仅仅是激起我们对动物持有人性化的关怀，体贴之情，怜悯之情，敬畏之情，而且也能够反思我们人类行为的本身。我们让孩子们热爱大自然，热爱生命，那么，我们首先要让他们了解大自然，了解生命，而阅读动物小说，则是最好的选择。在儿童的天性之内，他们本身就对神秘的事物保持着高度的热情，那么，动物小说中所描绘的那个动物世界，更是他们高度关注的世界。动物小说中，是残忍和血腥唯一可以合法存在的领地，我们想让孩子们认识大自然的法则，那是不能通过童话来展现的。所以，动物小说，是最好的选择。

目录

特立独行的猫

　　亲爱的小朋友们，这个故事发生的时候，世上那些温驯可爱的家养动物都还是野生的。狗是野生的，马是野生的，牛是野生的，羊是野生的，猪也是野生的——他们野到了极点——整天在潮湿的野生森林里闲逛，与孤独为伴。但是最野的要数猫了，他特立独行，任何地方对他来说都一样。

　　当然，男人也是野人，他野蛮至极，直到遇见女人才变得文明。这个女人告诉男人说，她不喜欢他这种野蛮的生活方式。她挑选了一个干燥、漂亮的山洞，而不是潮湿的树叶堆，作为他们的家。她把干净的沙子洒在地面上，在山洞里面用木头生起了温暖的火，在洞口挂上野马皮，作为门帘。她对男人说道："亲爱的，以后进来时把脚擦干净吧，我们要管理好自己的家。"

亲爱的小朋友们，当天晚上，他们把羊肉放在烧热的石头上，用野蒜和野辣椒做调料，烘着吃；吃了野鸭子，野鸭子肚子内填有野米、野苦豆和野香菜；还吃了野牛的骨髓、野樱桃和野百香果。晚饭过后，男人在火堆旁躺了下来，心中涌起一股从没有过的幸福感，女人呢，坐着梳头发。她又向火里多添了几块木头，拿起野羊身上的一块又大又肥的肩胛骨，看着那上面美丽的花纹，然后施了一个魔法，这是世界上第一个用歌唱的形式施展的魔法。

在外面潮湿的野生森林里，所有的野生动物都聚在了一块儿，他们看见了很远以外的火光，顿时感到很纳闷儿。

这时，野马跺了跺脚，说道："哦，朋友们啊，仇敌们啊，为什么那个男人和女人要在山洞里生这么大的火，火会给我们带来什么害处呢？"

野狗抬起鼻子嗅了嗅，闻到一股烤羊肉的味道，

吉卜林 作品

他说：“我上去瞧瞧，回头告诉你们，我觉得这玩意儿是个好东西，走，猫兄弟，和我一块儿去吧。”

“我可不去！”猫说，“我是特立独行的猫，任何地方对我来说都一样，我不去。”

“你要这样想的话，我们也没必要称兄道弟了。”野狗说道，说完后他小跑着去了山洞。他刚走没多远，猫就想：“既然任何地方对我来说都一样，我干嘛不去看看再走开呢！”于是，他蹑手蹑脚地跟在野狗后面，藏在一个能听清一切动静的地方。

野狗来到山洞口，用鼻子掀起了干马皮，嗅着烤

羊肉散发出来的香气，正注视着那片肩胛骨的女人突然听到了野狗的动静，她笑着说道："终于来了第一位客人。野生森林里的野家伙啊，你想要什么呢？"

野狗说道："哦，我的敌人啊，我敌人的妻子啊，你们弄的什么东西这么香啊，在野生森林里都能闻得着？"

女人拿起一块烤过的羊骨头扔给了野狗，说道："野生森林的野家伙，尝尝吧。"野狗啃了起来，他从来没吃过这么可口的食物，说道："哦，我的敌人啊，我敌人的妻子啊，再给我一块吧。"

女人说道："野生森林里出来的野家伙，如果你白天帮我丈夫打猎，晚上帮我们守护山洞，我会给你很多很多的烤骨头吃，要多少有多少。"

"哇！"猫听后说道，"这个女人真聪明，不过她还没我聪明。"

野狗爬进山洞，把头靠在女人的腿上，说道："哦，我的朋友啊，朋友的妻子啊，我白天会帮你丈夫打猎，晚上会帮你们守护山洞。"

"哇！"猫听后说道，"真是条笨狗啊！"随后，

吉卜林 作品

他独自摇着尾巴回到野生森林，没把这件事告诉任何人。

男人睡醒后，问女人："这条野狗在这儿干嘛？"女人说："他以后就不再是野狗了，他是我们的第一个朋友，永远都是朋友。你出去打猎时带上它吧。"

第二天晚上，女人在草地上割了一大抱鲜草，放在火旁烤干，闻起来就像新割的鲜草一样。然后她坐在洞口，用马皮革编了条绳子。她看着又大又宽的羊肩胛骨，又施了一个魔法，这是世界上第二个魔法。

野生森林里所有野生动物都想知道野狗发生了什么事儿。最后，野马跺了跺脚，说道："我去看看，回来告诉你们野狗怎么还不回来。猫兄弟，和我一块去吧。"

"我可不去！"猫说道，"我是特立独行的猫，任何地方对我来说都是一样的，我不去。"可是，他还是像先前跟在野狗身后那样，轻轻地跟在野马身后，最后藏在一个能听清一切动静的地方。

女人听到马蹄子"哒哒"的声音，听到马蹄子踩在长长的鬃毛上发出的磕绊的声音，笑着说道："又来了第二位客人。野生森林里的野家伙啊，你想要什么呢？"

野马说道："哦，我的仇敌啊，仇敌的妻子啊，野狗在哪里啊？"

女人笑了，她拿起肩胛骨看看说："野生森林里的野家伙啊，你不是来找野狗的，你是为美味的野草而来的。"

野马踩在自己长长的鬃毛上，绊了一下，他说道："是啊，快给我吃吧！"

女人说道，"野生森林里的野家伙啊，要是你低下头，戴上我给你的东西，以后你一日三餐都能吃到美味的鲜草。"

"哇！"猫听后说道，"这个女人真聪明，不过她还是不如我聪明。"野马低下头，女人给他戴上了缰绳。野马嗅了嗅女人的脚说道："哦，我的女主人啊，我主人的妻子啊，为了能吃到美味的鲜草，以后你让我干什么，我就干什么。"

"哇！"猫听后说道，"真是匹愚蠢的马啊！"随后，他独自摇着尾巴回到了野生森林，并没把这件事告诉

吉卜林 作品

任何人。

　　和狗打猎回来后，男人问女人："这匹野马在这儿干什么啊？"女人答道："他从今以后再也不是野马了，而是我们的第一个仆人，他将载着我们到各个地方去，直到永远。以后你就骑着他出去打猎吧。"

　　第三天，野牛抬着她高傲的头颅，以免犄角被树丛挂住，往山洞走去。野猫像往常一样跟在后面，藏了起来。一切都和前两天发生的一样，野牛答应只要女人每天给她青草吃，她就为女人提供牛奶。野猫听后，和往常一样，又摇着他那高傲的尾巴回到潮湿的野生森林里，仍然没告诉其他动物。男人带着马和狗打猎归来的时候，像前两次一样问了同样的问题。女人答道："她从今以后不叫野牛了，而是提供美食的动物。她永远都会为我们提供热乎乎的牛奶喝。你和第一个朋友、第一个仆人出去打猎时，我会好好照顾她的。"

　　第四天，猫等着看看是否还有其他动物去那个山洞，但野生森林里的任何一个动物都没去。于是，猫就独自来到洞口，他看到女人正在挤牛奶，还看到洞里的火焰，闻到牛奶的香气。

野猫问："哦，我的敌人啊，我敌人的妻子啊，野牛去哪里了？"

女人笑着说道："野生森林里来的野家伙啊，回到你的森林去吧，我已经把头发辫起来了，也把带有魔力的肩胛骨收起来了，我们的山洞既不需要朋友，也不需要仆人了。"

猫说："我不是朋友，也不是仆人，我只是特立独行的猫，我想进你的山洞。"

女人问道："那你为什么第一天晚上不跟着'第一个朋友'来？"

猫生了气，问道："是不是野狗说我坏话了？"

女人笑呵呵地说："你是特立独行的猫，任何地方对你来说都是一样的，你既不是朋友，也不是仆人，这是你自己说的。快走开，爱到哪里就到哪里特立独行去吧！"

猫装出很难过的样子，说道："我真不能进你的山洞吗？我真不能坐在温暖的火堆旁吗？我真不能喝口热乎乎的牛奶吗？你这么聪明，这么漂亮，不应该对一只猫这么残忍。"

吉卜林 作品

女人说："我知道自己很聪明，但我不知道自己能不能称得上漂亮。这样吧，咱俩约定好，如果我对你说一句好话，你就可以进山洞。"

"如果你对我说两句好话呢？"猫说。

"不会的。"女人说道，"如果我真对你说了两句好话，你不但可以进山洞，而且可以坐在火堆旁。"

"如果你说了三句好话呢？"猫又问道。

"绝对不可能！"女人说道，"不过假如我真对你说了三句好话，你就可以一直住在我这儿，而且一日三餐都有热乎乎的牛奶喝。"

野猫弓起后背说道："洞口的门帘、洞里的火焰和火旁的奶锅，请你们记住我的敌人和我敌人的妻子所说的话吧。"说完后，就摇着他那高傲的尾巴穿过潮湿的野生森林，独自离开了。

当晚，男人带着马和狗打猎回来，女人担心他们不高兴，就没把自己和猫的约定告诉他们。

野猫走了很远很远，独自藏在潮湿的野生森林深处。很长时间过后，女人把这只猫忘得一干二净。只有那只悬在山洞顶上、倒立的蝙蝠知道野猫身在何处，

因为蝙蝠每天晚上都会去找野猫，把山洞内发生的一切告诉野猫。

一天晚上，蝙蝠说道："山洞里新添了一个婴儿，小巧玲珑，粉红色的皮肤，胖嘟嘟的，女人非常喜欢他。"

"啊！"野猫说道，"这个婴儿喜欢什么呢？"

"他喜欢软绵绵的东西，喜欢呵痒痒。"蝙蝠说道，"他喜欢抱着暖洋洋的东西入睡，喜欢别人逗他乐。"

"是这样啊。"野猫说道，"我的机会来了。"

第二天晚上，野猫走出潮湿的野生森林，藏在山洞的附近。第三天早上，男人带着马和狗出去打猎了，女人正在忙着做饭，婴儿哭个不停。于是，女人便把婴儿抱出洞，给他一大把鹅卵石让他玩，但他还是不停地哭。

野猫伸出前爪轻轻地在婴儿的脸颊上拍了拍，婴儿的哭声马上就变小了；接着，猫又摸了摸婴儿胖乎乎的膝盖，用尾巴轻抚婴儿的下巴，婴儿笑出了声。女人听到后微微一笑。

那只悬在山洞口、倒立的蝙蝠说道："哦，我的女主人啊，我主人的妻子啊，我主人儿子的母亲啊，有个野生森林来的野家伙，把您儿子逗得很开心呢。"

"不管他是谁，我都要祝福他了。"女人直起腰说道，"我今天早上太忙了，他真是帮了我一个大忙。"

亲爱的小朋友们，她话音刚落，只听"扑"的一声，挂在洞口的那张干马皮门帘掉了下来，因为它记住了女人和野猫的约定。女人过去把门帘捡起来的时候，那只猫早已舒舒服服地坐在山洞里了。

"哦，我的敌人啊，我敌人的妻子啊，我敌人儿子的母亲啊，"猫说道，"是我啊，你已经对我说了一句好话，我可以永远坐在山洞里了，不过我是一只特立独行的猫，任何地方对我来说都是一样的。"

女人听后非常生气，她咬紧嘴唇坐在纺车前开始纺线。猫走开了，婴儿又哭了，他不停地踢打着双腿，哭得脸都发紫了，女人无论如何都无法使孩子安静下来。

"哦，我的敌人啊，我敌人的妻子啊，我敌人儿子的母亲啊，"野猫说道，"把你纺的一串线拴在你纺车的转轮上，然后拉过地面，我有办法把你儿子逗笑，绝对让他的笑声和哭声一样响亮。"

吉卜林 作品

"好吧。"女人说道，"我实在没办法了，不过我不会感谢你的。"

她照猫说的把线拴在了转轮上，拉过地面。猫后面追，一会儿用爪子去拍，一会儿又翻个跟斗，一会儿把线抛到后背上然后去追，又假装找不到它，一会儿又突然扑在线上，逗得婴儿"咯咯"直笑，他也跟在猫身后爬起来，同猫一起玩耍嬉戏。最后，孩子玩累了，抱着猫呼呼地睡着了。

"现在，"猫说，"我唱一首摇篮曲，保证婴儿能睡一个小时。"他开始"咕噜咕噜"地哼了起来，声音一会儿高一会儿低，婴儿很快进入了梦乡。女人笑了，看着他俩说："哦，猫咪啊，你做得真好，你真的很聪明。"

亲爱的小朋友们，女人刚说完这句话，只听"叭"地一声，洞顶壁上的火烟灰突然掉下一大团。原来它记得女人和猫的约定。女人清理火烟灰的时候，猫已经舒舒服服地坐在火炉边了。

"哦，我的敌人啊，我敌人的妻子啊，我敌人儿子的母亲啊，"猫说道，"是我啊，你又对我说了一句好话，现在我可以永远坐在山洞里温暖的火堆旁了。不过我是只特立独行的猫，任何地方对我来说都是一样的。"

女人听后非常非常生气，她散开头发，往火上又多加了几块木头，然后拿出那块宽宽的肩胛骨，开始施魔法来避免自己对猫说第三句好话。这次施法并没有唱歌，不过，亲爱的小朋友们，那仍然是魔法。不一会儿，洞里非常安静，一只个头很小的小老鼠从山洞的一个角落爬出来，在地面上爬行。

"哦，我的敌人啊，我敌人的妻子啊，我敌人儿子的母亲啊，"猫说道，"小老鼠也是你施的魔法的一部分吗？"

"哦！天哪！绝对不是！"女人叫道，她丢下肩胛骨，跳上火堆前面的脚凳，飞快地把头发梳起来，她害怕老鼠钻到自己头发里去。

"啊！"猫说道，"我把老鼠吃掉的话，应该没啥坏处吧？"

"当然没坏处了。"女人边梳头发边说，"赶紧把它吃掉，我会非常感激你的。"

吉卜林 作品

猫跳起来抓住了小老鼠，女人说："非常感谢，第一个朋友也没你速度快，你一定很聪明。"

哦，亲爱的小朋友，女人话音刚落，只听"啪"的一声，火堆旁边的奶锅裂成了两半，因为它记得女人和猫的约定。女人从脚凳上跳下来的时候，猫正在舔食留在碎锅里的牛奶。

"哦，我的敌人啊，我敌人的妻子啊，我敌人儿子的母亲啊，"猫说道，"是我啊，你对我说了第三句好话，现在我可以永远住在你的山洞里，一日三餐都有热腾腾的牛奶喝了。不过我是只特立独行的猫，任何地方对我来说都是一样的。"

女人"呵呵"笑着，一边给猫盛了一碗热气腾腾的牛奶，一边说："哦，小猫，你和人一样聪明！不过你要记住，这是咱俩之间的约定，既不是你和男人的约定，也不是你和狗的约定，我不知道他们回来后会对你怎样。"

"这有什么呢？"猫说，"只要我能坐在火堆边，只要我一日三餐能喝上热腾腾的牛奶，我才不在乎那个男人和那条狗会做些什么呢。"

◇ 原来如此 ◇

当天晚上，男人和狗回到洞里，女人把这一切都告诉了他们。这时候，猫正坐在火堆旁笑。男人说："不过，他并没有和我约定什么，也没有和后来的人约定什么。"说着，他脱下脚上的两只皮靴，解下身上的石斧，又拿来一块木柴和一把斧子，把这五件东西排成一排，说："现在我们来做个交易，要是你在洞里看见老鼠不捉，我就用这五件东西打你，而且所有后人也会这么做。"

"啊！"女人说道，"这只猫的确聪明，但还不如我丈夫聪明。"

　　猫数了数这五件东西（这些东西看上去疙疙瘩瘩的），然后说道："只要我在山洞里待着，我就会捉老鼠。不过我是只特立独行的猫，任何地方对我来说都一样。"

　　"我在的时候就不一样。"男人说，"你要是不说最后那句话就好了，我就会收起这五件东西，永远不再拿出来。不过，现在我决定只要我碰见你，我就用两只皮靴和石斧打你，我的后代也会这么做。"

　　"等一下！我，还有在我以后的狗还没和他约定呢。"狗龇牙咧嘴地说道，"要是我在山洞里看到你对婴儿不友好，我就会追你，抓到你就咬，以后的狗也会这么做。"

　　"啊！"女人说道，"这只猫的确很聪明，但还没有狗聪明。"

　　猫数了数狗嘴里的牙齿（这些牙齿看上去非常锋利），然后说道："只要我在山洞里，我就会对婴儿很好的，只是他别太用力扯我的尾巴就行。不过我是只特立独行的猫，任何地方对我来说都是一样的。"

"我在的时候就不一样。"狗说道，"你要是不说最后那句话就好了，我永远都不会张开大嘴去咬你的。现在我决定，只要我碰到你，我就把你赶到树上去，我以后的狗也会这么做。"

接着，男人拿起两只靴子和石斧向猫扔过去，猫跑出了山洞，狗追了出去，把他赶到一棵树上。亲爱的小朋友们，从那天起，五分之三的人一看见猫就扔东西打他，所有的狗一看见猫就追赶他。可是猫信守诺言，看到老鼠就捉，对婴儿非常友好，只要他们别太用力扯他的尾巴就行。他做完了这些事情，每当夜幕降临、月光洒落的时候，他依然是只特立独行的猫，任何地方对他来说都一样，他要么到潮湿的野生森林去，要么爬上潮湿的野生树木，要么趴在潮湿的屋顶上。他总是摇摆着尾巴，独自闲逛。

小猫咪坐在火旁唱歌曲，

小猫咪攀高爬树去，

小猫咪玩旧软木塞和细绳子，

不是取悦我，为的是她自己。

吉卜林 作

但是，我喜欢宾卡——我的狗，

因为他懂得行为要得体；

因此，宾卡是我真正的知己，

我生活在山洞里，一切从头开始。

小猫咪偶尔扮作忠实的仆人，

那只是弄湿自己的爪子，

在窗台上漫步去。

（克鲁索看到的脚印就是这样的）

然后她就甩甩尾巴叫咪咪，

只顾抓痒，不理你。

但是宾卡会和我一起玩我选择的游戏，

我真正的朋友他是第一。

小猫咪用头蹭我的膝盖，

假装爱我把我欺；

但是我只要一上了床，

小猫咪马上跑到院子里，

在那里一直待到早晨起，

我知道她只是披着朋友的外衣。

可是，宾卡整晚在我的脚边打呼噜，

我的朋友中他数第一！

吉卜林 作品

犰狳的来历

亲爱的小朋友们，这个故事发生在遥远的年代。在那个时代中期，在混浊的亚马逊河的河岸上，有一只长着尖尖硬刺的小刺猬住在那里，他爱吃蜗牛和其他的贝类小生物。他有一个朋友，叫"慢腾腾"小乌龟，也住在亚马逊河岸上，小乌龟以绿莴苣为食。事情就是这样，亲爱的小朋友，你明白吗？

不过，在那个时代，有一头色彩绚丽的美洲豹，也住在亚马逊河岸上。他能捉到什么动物就吃什么动物。要是追不到野鹿或猴子，他就捉青蛙和甲虫吃；要是连青蛙和甲虫都没捉到，他就去找豹妈妈想办法。豹妈妈教他怎样捕食刺猬和乌龟。

豹妈妈和蔼地摇着尾巴对小豹子千叮咛万嘱咐："孩子啊，要是看到一只刺猬的话，你就把他丢到水里，那样他就会张开刺球一样的身体；要是发现一只乌龟，你一定得用爪子把他从壳里抓出来。"亲爱的小朋友，豹妈妈就是这样叮嘱小豹子的。

一个月朗星稀的晚上，在亚马逊河岸边，绚丽的小美洲豹发现了"尖尖"小刺猬和"慢腾腾"小乌龟，他们正窝在一株歪倒的树的树干下面。这时候，他们已经逃不掉了，"尖尖"小刺猬蜷缩成一个小球，因为他是一只刺猬；"慢腾腾"小乌龟赶忙把脑袋和腿儿深深地缩进自己的壳里，因为他是一只乌龟。亲爱的小朋友，这样他们就安全了。

"现在听我说！"绚丽的小豹子吼道，"我的话很重要。我妈妈叮嘱我，要是捉到刺猬就把他扔进水里，

他就会展开身体；要是看见乌龟，就让我用锋利的爪子把他从龟壳里抓出来。现在我问你们，谁是刺猬谁是乌龟啊？就是要我的命，我也说不上来啊。"

"你敢说你妈妈告诉你的是对的吗？""尖尖"小刺猬问道，"你真的这么认为吗？也许她说的是在水里把乌龟从壳里挖出来，那样才能让他伸开手脚；也许她说的就是，要用爪子拿起刺猬扔在外壳上呢。"

"你妈妈真是那样说的吗？""慢腾腾"小乌龟也问道，"你确定吗？也许她说的是你要把刺猬用爪子抓起来丢到水里，把乌龟去了壳才能让他伸开手脚呢。"

"我才不相信你们说的呢！"小豹子说。但是他有点拿不定主意："再重说一遍，清楚地说一说。"

"你用爪子在水里铲水，就能让刺猬展开身体。""尖尖"小刺猬说着，"记住了，这可是很重要的。"

"我要说的是，""慢腾腾"小乌龟补充道，"你用爪子抓自己的肉然后用铲子放到龟壳里。你怎么就是不明白呢？"

"你们真让我伤脑筋啊，"小美洲豹吼道，"何况，我根本就不需要你们提什么建议。我只想搞清楚你们谁是刺猬谁是乌龟！"

"我不告诉你，""尖尖"小刺猬说道，"你干脆把我从壳里挖出来算了。"

"哈哈！"小豹子笑道，"现在我知道你是乌龟了。你以为我会不知道？我知道了。"小豹子猛地把爪子伸向"尖尖"小刺猬。"尖尖"小刺猬呢，把身体蜷缩起来，小豹子毛绒绒的小爪子当然被刺猬的刺扎了。更糟的是，他把刺猬踢到了黑乎乎的树林里，又踢到了灌木丛里，要找到小刺猬可是太难了。小豹子把受伤的爪子放进嘴巴里，因为刺扎得他痛极了。疼痛劲儿刚刚过去，他就说："现在我才知道他不是乌龟。但是——"他用没有受伤的爪子搔了搔脑袋，"我怎么才能知道另一只就是乌龟呢？"

"我就是乌龟啊。""慢腾腾"小乌龟说："你妈妈说得很对。她教你用爪子把我从壳里抓出来。请吧。"

"刚才你还说她不是那么说的。"小美洲豹边说边用嘴吮去爪子上的刺，"你刚才可不是这么说的。"

吉卜林 作品

"假如你说我刚才说过她不是那么说的，我可没发现有什么不同啊；因为要是她说了你说我说过她说的话的话，那与我说的她说过的话也没什么区别啊。再说了，要是你认为她说了让你用铲子让我伸开手脚，而不是把我的壳抓成碎片。我也没办法，对吧？"

　　"可是你说过你想让我用爪子抓开你的壳。"小豹子说。

　　"你再想想，就会发现我并没那样说过，我说你妈妈说你要剥开我的壳。""慢腾腾"小乌龟说道。

　　"我要是那么做了会怎么样啊？"美洲豹又谨慎地问道，口气中有些轻蔑的意味。

　　"我哪儿知道啊，以前也没有人剥开过我的壳。可是实话告诉你，你要想看我游开，你只有把我扔在水里才行。"

　　"我不相信。"小豹子说，"你把我妈妈告诉我的事儿和你要我做的事儿都搅和在一起了，你问我妈妈是不是真没说过，把我弄得糊糊涂涂的。现在，你来告诉我我无法理解的事情，我比以前更糊涂了。妈妈让我把你们当中的一个扔到水里，你担心被丢进水里吧？我想你并不想被丢进水里。快跳进混浊的亚马逊河里去！"

"我可提醒你，你妈妈不会高兴的。别跟她说我没提醒过你。""慢腾腾"小乌龟说道。

"你要是再说我妈妈说过的话，我就……"小豹子说道，他还没说完这句话呢，小乌龟就无声无息地跳进了混浊的亚马逊河里。他在水底游了好一段路才游上岸，小刺猬在岸上等着他。

"真是太悬了！"小刺猬说道，"我没戏弄美洲豹。你告诉他你是什么啊？"

"我实话实说，告诉他我就是乌龟，可他不信，让我跳进河水里检验我是不是乌龟，结果我就是乌龟，他吃了一惊。现在他跑去告诉豹妈妈了。你听。"

他们听到美洲豹在混浊的亚马逊河旁边的丛林里来回吼叫，直叫到豹妈妈出现才住口。

"孩子啊，孩子啊！"他的妈妈一遍又一遍地说，还一边优雅地摇着尾巴，"你做了什么不该做的事情吗？"

"我想用爪子把那个藏在壳里的东西抓出来，可

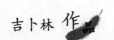

我的爪子却扎满了刺。"小美洲豹说道。

"孩子啊，孩子！"豹妈妈一遍又一遍地说，边说还边和蔼地摇着尾巴，"从那些刺来看，那肯定是只刺猬。你该把他扔到水里去的。"

"我倒是把另一个东西扔进了水里；他说他是乌龟，我不信，没想到他真是乌龟。他跳进了混浊的亚马逊河，再也没出来，我没吃的东西了。我想咱们最好再另外找个住的地方。在混浊的亚马逊河上，他们比我聪明多了，我可对付不了。"

"孩子啊，孩子！"豹妈妈说了一遍又一遍，还和蔼地摇着尾巴，"现在你听我说，记住我说的话。刺猬会蜷成球，身上布满了刺。这样你就能识别刺猬了。"

"我一点儿都不喜欢豹妈妈。""尖尖"小刺猬说，他正窝在一片大叶子下面，"我想知道她还知道些什么？"

"乌龟是不会把自己蜷缩起来的。"豹妈妈继续说，百说不厌，仍然和蔼地摇着尾巴，"他只能把脑袋和腿儿缩进龟壳里。这样你就能识别乌龟了。"

"我一点儿都不喜欢豹妈妈——一点儿也不!""慢腾腾"小乌龟说道,"小豹子再傻,也不会忘了这样的教导的。你不会游泳真是太可惜了,小刺猬。"

"别和我说话。"小刺猬说,"想想吧,要是你能蜷成个球就太糟糕了!听听小豹子的动静。"

小豹子坐在混浊的亚马逊河的河岸上,边把刺从爪子里呕出来边自言自语:

"不会蜷缩却能游泳——就是'慢慢'乌龟!

不会游泳却能蜷缩——就是'尖尖'刺猬！"

"他永远都不会忘记这一天的。""尖尖"小刺猬说，"托住我的下巴，小乌龟。我要学游泳。会有用的。"

"好极了！""慢腾腾"乌龟说道。他托住刺猬的下巴，刺猬就在混浊的亚马逊河里踩水了。

"你会是个游泳好手的。""慢腾腾"乌龟说道，"现在，你解开我背后的壳，我试试怎么能蜷起身来。会有用处的。"

"尖尖"小刺猬解开"慢腾腾"乌龟的后壳，乌龟通过扭动身子变形，就这样他学会了蜷缩身体。

"好极了！""尖尖"小刺猬说道，"可是不能再练习了，你的脸都发黑了，再领我到水里吧，我要练习你说的很简单的侧泳。"小刺猬不停地练习，小乌龟在旁边游泳。

"妙极了！""慢腾腾"乌龟说道，"再练习练习你就能比得上鲸鱼了。现在要麻烦你把我前后的壳解开两个孔那么大，我会试试你说的很简单的奇妙的蜷缩方法。美洲豹会大吃一惊的！"

"妙极了！""尖尖"小刺猬说道，他从混浊的亚马逊河里出来，浑身湿漉漉的，"我敢说，你和我们家的成员没什么区别了。我想你说的是两个洞？你能不能把话表达得清晰点儿，别大声嚷，不然的话，小豹子会听见的。你练习完之后，我想学潜水，你不是说容易吗？我得让美洲豹大吃一惊！"

就这样，"尖尖"小刺猬潜到水中，"慢腾腾"乌龟也在旁边潜水。

"太棒了！""慢腾腾"乌龟说道，"再注意一下，屏住呼吸，你都能住在亚马逊河河底了。现在，我来试试你说的很舒服的动作，用后腿围住耳朵，让美洲豹大吃一惊吧！"

"太棒了！""尖尖"小刺猬说道，"不过，这个练习让你的后壳拉紧了一点儿，你的后壳现在叠起来了，不像先前那样并在一起。"

"哦，这是练习的结果啊！""慢腾腾"乌龟说道，"我已经注意到你的刺像是融合在了一起，不像先前那么像栗子壳。"

"是吗？""尖尖"小刺猬问道，"是在水里泡的缘故吧。哼，就让美洲豹大吃一惊吧！"

吉卜林 作品

他们继续练习，互帮互助，直到天亮。太阳高高升起的时候，他们停下来，休息休息，晒干身体。他们发现彼此都和以前完全不同了。

　　"小刺猬啊，"早饭后，"慢腾腾"乌龟说道，"我和昨天不一样了，但是我觉得我会让美洲豹发笑的。"

　　"我刚刚也在想这个问题。""尖尖"小刺猬说道，"我的刺有了很大的改变——更不要说我会游泳了。哦，美洲豹一定会大吃一惊的！咱们去会会他吧。"

　　没多久，他们就找到了美洲豹。美洲豹还在调治自己前一天晚上受伤的爪子。看到刺猬和乌龟，他惊讶极了，不停地后退，跌倒了三次呢！

　　"早上好！""尖尖"小刺猬说道，"今早你那和蔼可亲的妈妈好吗？"

　　"她很好，谢谢。"美洲豹回答道，"你得原谅我，此刻我想不起你们的名字。"

　　"你真是没礼貌。""尖尖"小刺猬说道，"昨天的这个时候，你还想用爪子把我从壳里抓出来呢！"

　　"可是，你没有壳呀。你只有满身的刺。"小豹子疑问道，"我知道你浑身是刺。看看我的爪子吧！"

"你让我掉到混浊的亚马逊河里想淹死我，""慢腾腾"乌龟说道，"今天怎么这么没礼貌，全忘了呢？"

　　"你不记得你妈妈告诉你的话了吗？""尖尖"小刺猬问道，

　　"不会蜷缩却能游泳——那是刺猬！

　　不会游泳却能蜷缩——那是乌龟！"

　　说完话，他们俩都蜷起身体，围着小豹子来回翻滚。小豹子看着他俩，眼珠子转得像车轮一样飞快。

　　小豹子去找妈妈。

　　"妈妈，"他说，"今天丛林里来了两个新动物：你说不会游泳的那个动物游了泳，你说不会蜷缩身子的那个动物蜷起身来。还有，他们都有了刺。我想他们浑身都长着鳞，并不是一个是光溜溜的，一个浑身是刺。而且，他们转着圈儿地打滚儿让我很不舒服。"

　　"孩子啊，孩子啊！"豹妈妈一遍又一遍地说道，和蔼地摇着尾巴，"刺猬就是刺猬，乌龟就是乌龟，永远都不会变。"

　　"可他们既不是刺猬也不是乌龟啊，他们既像刺猬又像乌龟，我也不知道他们到底是什么。"

吉卜林 作品

"胡说！"豹妈妈说，"每一样东西都有自己的名字。在知道他们的真正名字之前，咱们暂且叫他'犰狳'吧。就这样吧，别管他们了。"

小美洲豹就按妈妈说的，不管他们了。但是奇怪的事情就在那天发生了。哦，亲爱的小朋友，在混浊的亚马逊河的河岸上除了有个犰狳，再也没有动物叫"尖尖"小刺猬和"慢腾腾"乌龟了。在其他的地方当然有刺猬和乌龟（我的花园里就有）。但是，在很久以前，像松果一样叠在一起的有鳞的聪明古老的动物，他们住在混浊的亚马逊河岸，总是被人叫做"犰狳"，因为他们聪明极了。

好了，亲爱的小朋友，故事到此就结束了。你明白了吗？

我从没去过亚马逊河，

巴西也没有到过；

唐和马格德哥两个，

翻山越岭把水涉，

只要他们能决策！

吉卜林 作品

是的，每周都去南安普顿，

金白色的大汽轮，

一路驶向里奥市，

踏着海浪滚滚驶向里奥市。

我从来没有见过美洲豹，

也没见过犰狳，

像他一样着铠甲，

我永远办不到。

除非我去里奥市，

看见这些稀奇事，

打着滚儿去里奥，

一路打滚儿去里奥。

哦，我要打着滚儿去里奥，

趁我还年少！

兴风作浪的螃蟹

　　亲爱的小朋友们，很久很久以前，也就是万物刚刚诞生的时候，有一位最年长的魔法师在白天创造了世界万物。首先，他创造出大地，接着他创造出海洋。然后，他告诉所有的动物说："你们可以出来玩游戏了。"但是动物们说："啊，尊敬的魔法师，我们应该怎么做游戏呢？"魔法师回答说："我来演示给你们看。"于是，他把大象召集起来——所有的大象都到齐了，他说："做大象的游戏吧。"接着所有的大象都开始做游戏。他又把海狸召集起来——所有的海狸都到齐了，他说："做海狸的游戏吧。"于是，所有的海狸开始做游戏。他把母牛召集起来——所有的母牛都到齐了，他说："做

吉卜林 作品

母牛的游戏吧。"于是，所有的母牛都开始做游戏。
他又把所有的海龟召集起来——所有的海龟都到齐了，
他说："做海龟的游戏吧。"于是，所有的海龟开始
做游戏。他一个接着一个地把野兽、鸟类和鱼类召集
起来，告诉他们怎样做游戏。

但是当夜晚来临的时候，人和动物们开始焦躁不
安，疲倦不堪。这时一个人——带着他的小女儿，走了
过来——是的，他最挚爱的小女儿就坐在他的肩上。他
说："尊敬的魔法师，这是什么游戏啊？"魔法师回答说，
"嗬，亚当之子，这是造物之初的游戏，但是这个游
戏对你来说实在是太简单了。"这个人行了一个礼，说：
"是的，这个游戏对我来说太简单了；但是你要保证
让所有的动物都听我的话啊。"

下一个要参加游戏的是螃蟹波·艾玛，但他却趁
着魔法师和人交谈的空当，从旁边匆匆离开，回到了
大海里。他自言自语说："我要在大海里自己做自己
的游戏，我才不会顺从这个亚当之子呢。"没有人注
意到螃蟹的离开，但是坐在亚当之子肩上的小女孩却
注意到了。游戏继续进行，在没有得到允许的情况下，

所有的动物都要参加，一个不落。魔法师教完所有动物怎样做游戏之后，就擦了擦手上的尘土，到世界各地视察动物们做游戏去了。

亲爱的小朋友们，他来到了北方，发现所有的大象正在那片为他们创造的美好而又洁净的新土地上一边用牙掘，一边用脚踩着土。

"昆？"所有的大象说，意思就是说："这样做对吗？"

"帕亚昆。"魔法师说。意思就是："做得很好"。然后他往大象堆起来的一块块巨大岩石和一堆堆泥土上面吹了口气。于是，这一堆堆的岩石和泥土就变成了雄伟的喜马拉雅山。你可以在地图上找到这个地方。

他又来到东方，发现所有的母牛都在为她们创造的这片土地上吃草。她们一圈圈地围着整片森林不停地舔着舌头，接着把吃到嘴里的草咽下去，然后伏在地上反刍着青草。

"昆？"所有的母牛说道。

"帕亚昆。"魔法师说。接着他在母牛啃过之后留下的光秃秃的土地上，还有母牛趴下来的地方吹了

吉卜林 作品

一口气。于是，其中一个地方变成了印度沙漠，另一个地方变成了撒哈拉沙漠。你可以在地图上找到这些地方。

他来到了西方，他发现所有的海狸都在为他们准备的宽阔的河口处筑坝，海狸坝横跨河口两端。

"昆？"所有的海狸问道。

"帕亚昆。"最年长的魔法师说。接着他在倒下的树木和平静的水面上吹了口气，于是，它们就变成了佛罗里达沼泽地。你可以在地图上找到这个地方。

然后，他来到南方，发现所有的海龟都在这片为他们创造的沙滩上用脚蹼抓着沙子。海龟刨起来的沙子和岩石扬到空中，散落进远处的大海里。

"昆？"所有的乌龟问道。

"帕亚昆。"魔法师回答说。接着他在落进海中的沙子和岩石上吹了口气，于是，沙子和岩石变成了美丽的婆罗洲、西里伯斯岛、苏门答腊岛、爪哇岛，还有马来群岛。你可以在地图上找到这些地方。

不久魔法师在霹雳河河岸遇见一个人，于是他问道，"嗬！亚当之子，所有的动物都顺从你吗？"

"都顺从。"人说。

"所有的土地都顺从你吗？"

"都顺从。"人说。

"所有的海洋都顺从你吗？"

"不，"人回答说，"海水在白天和晚上两次涨到霹雳河，使河水倒灌进森林，把我的房子都淹了；海水在白天和晚上两次顺河而下，引着所有的河水都尾随它而来，大水一过，只剩下一片淤泥，还把我的独木舟都打翻了。这是你让它做的游戏吗？"

"不是我让它做的。"魔法师说，"这是一种很糟糕的新游戏。"

　　"你看！"人说，他正说着，海水已经从霹雳河口涌了过来，引领着河水尾随着它一公里一公里地漫过黑暗的森林，淹没了人的房屋。

　　"这是样做可不好。登上你的独木舟，我们一起去看看是谁在兴风作浪呢。"魔法师说。说完，他们一起登上了独木舟。亚当之子的小女儿也和他们一起去了，亚当之子还带上了他的波状刃短剑——这把短剑剑身弯曲，呈波浪形状，刃如火焰一般。然后他们从霹雳河起航。这时海水开始慢慢后退，独木舟也被吸出霹雳河口，经过雪兰莪州，穿过马六甲海峡，经过新加坡，来到滨棠岛，就好像有一根绳子拉着独木舟前行。

　　这时，魔法师站起来大喊道："喵！在造物之初，我用双手创造出野兽、鸟类和鱼类，并且教你们如何做游戏，是你们当中的哪一个在大海中兴风作浪啊？"

　　所有的野兽、鸟类和鱼类一起回答说，"尊敬的魔法师，我们都按照你的教导来做游戏，我们以及子子孙孙都是如此。我们当中没有一个人在大海中兴风作浪。"

这时海上升起一轮又大又圆的月亮，有一位驼背老人正坐在月亮里纺鱼线，他希望有一天能把地球钓上钩。于是，魔法师问道："喈！月亮上的渔夫，是你在大海里兴风作浪吗？"

"不是我啊。"渔夫说，"我正在纺鱼线，总有一天我会把整个地球都钓上来，我可没有在大海里兴风作浪。"说完，他继续纺鱼线。

这时有一只老鼠也在月亮上，他一直在拼命啃着渔夫的鱼线。魔法师问他说："喈！月亮上的老鼠，是你在大海里兴风作浪吗？"

老鼠说："我正忙着把渔夫纺的鱼线咬断，我才没工夫在大海里兴风作浪呢。"说完，他继续啃咬鱼线。

这时，亚当之子的小女儿抬起她那小巧柔软的手臂，她的手臂晒得黝黑，上面佩戴着漂亮的白色小贝壳做的手镯。她说："啊，尊敬的魔法师！在造物之初，我爸爸和你谈话的时候，我就趴在他的肩膀上，你正在教动物们怎样做游戏。但是有一个动物不等你教他

吉卜林作品

怎样做游戏，就调皮地离开了，回到了大海里。"

魔法师说："那些用心观察、保持沉默的小孩子们是多么聪明啊！那个动物长什么样子？"

小女孩说："他长得又圆又扁；他的两只眼睛长在茎上；他横着走路，背上还长着坚硬的盔甲。"

魔法师说："多么聪明的小女孩呀，她说的一字不差！现在我知道波·艾玛去哪儿了。把桨给我吧！"

于是，他接过船桨。但是海水不断流过所有的岛屿，一直把船带到普萨特德罗湖——大海的中心，所以根本用不着船桨。普萨特德罗湖里有一个洞直达地球的中心，洞里长着神树朴·亚吉，树上结着神奇的双仁坚果。魔法师抱着双臂，穿过深处温暖的海水，在神树的根部，他摸到了螃蟹波·艾玛那宽阔的后背。于是螃蟹安静下来，海平面开始上升，就好像你把手放进了脸盆里一样。

"啊！"魔法师说，"现在我知道是谁在大海里兴风作浪了。"接着，他大声问道："你在干什么，波·艾玛？"

在下方海水深处的波·艾玛回答说："每天早晚

我各出去一次寻找食物，觅食之后再回来。你就让我自己待着吧。

魔法师说："听着，波·艾玛。每当你从洞穴里出来的时候，海水就会灌进普萨特德罗湖，于是所有岛屿的海滩就只剩下光秃秃一片，所有的小鱼都死了，大象之王拉杰·默洋·卡班的腿也被弄得沾满泥巴。每当你回来趴在普萨特德罗湖的时候，海平面就会上升，有一半的小岛被海水淹没了，人类的房子也被水淹没，鳄鱼之王拉杰·阿伯杜拉的嘴里灌满了咸涩的海水。"

这时位于深海底下的波·艾玛大笑着说："我还不知道原来自己这么重要。从此以后一天我要外出七次，这样的话，海水就永远不会安静下来。"

魔法师说："我不会让你这样兴风作浪，波·艾玛。在造物之初，你趁我不注意的时候逃走了，如果你不害怕的话，你就到海面上来，我们来谈谈这件事。"

"我才不害怕呢。"波·艾玛说。于是，他来到洒满月光的海面上。世界上没有比波·艾玛更庞大的动物了——因为他是螃蟹之王。他可不是普通的蟹子，

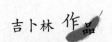

他是螃蟹的国王。他那宽大的硬壳横跨马来西亚沙捞越和老挝的把杭海滩；他长得比三座火山喷出的浓烟还要高！他穿过神树的树枝游上海面的时候，碰掉了一个巨大的双仁坚果——神奇的双仁坚果可以让人返老还童。小女孩发现坚果突然浮出水面，漂浮在独木舟旁边。于是，她把坚果从水里捞到船上，然后把坚果拿起来，用一把金色的小剪刀把两颗柔软的果仁从果壳里夹出来。

"现在，"魔术师说，"施展魔法吧，波·艾玛，来证明一下你真有那么重要。"

波·艾玛转动着眼球，挥舞着四肢，但他只是让海水荡漾了一下而已，他虽然是一个螃蟹国王，至多也不过是一只螃蟹。于是魔法师大笑起来。

"其实你并没有那么重要，是吧，波·艾玛？"魔法师说，"现在，让我试试。"说完，他用左手施展魔法——只用左手的小指头——然后，亲爱的小朋友们，看一看呀，瞧一瞧，波·艾玛墨绿色的坚硬外壳就像剥掉的可可的外皮一样从他身上掉了下来。波·艾玛的身体变得很柔软，柔软得就像有时你在海滩上见到的小螃蟹一样。

"实际上，你很重要。"最年长的魔法师说，"我是让亚当之子用短剑去刺你呢？还是把你送给大象之王拉杰·默洋·卡班，让他用长牙撕碎你呢？要不然让鳄鱼之王拉杰·阿伯杜拉咬你？"

波·艾玛说："我非常惭愧！请把我的硬壳还给我，让我回到普萨特德罗湖，我每天只在白天和晚上各出去觅食一次。"

魔法师说："不行，波·艾玛，我不会把你的硬壳还给你，因为你会变得更庞大、更骄傲、更强大，

也许有一天你会忘记你的承诺，再次在大海里兴风作浪。”

波·艾玛说：“我该怎么办呢？我的身体这么庞大，只能躲在普萨特德罗湖。现在我的身体这么柔软，如果我到别的地方去，会被鲨鱼和角鲨吃掉的。现在我的身体这么柔软，如果我回到普萨特德罗湖，就算我有了安身之处，我再也不能外出觅食，这样的话，我就会活活饿死。”说完，他挥动着四肢，伤心欲绝。

“听我说，波·艾玛，”魔法师说，“我不能让你像你说的那样兴风作浪，是因为你在造物之初，趁我不注意的时候逃走了。但是如果你愿意的话，我会让海里的每一块石头，每一个洞穴和每一束海草都像普萨特德罗湖一样安全，让它们成为你和你子孙后代永远的藏身之地。”

波·艾玛说：“这样很好，但我不愿如此。看！由于这个人在造物之初和你谈话，我才会偷偷溜走。如果他没有分散你的注意力，我就不会等得不耐烦而离开，这样的话一切都不会发生了。他能为我做什么来补偿呢？”

人说："如果你愿意的话，我也施展一个魔法，把深海和干燥的陆地都变成你和你子孙后代的家。因此，你既可以藏在陆地上，又可以藏在海里。"

波·艾玛说："我还是不愿意。看！是这个小女孩在造物之初发现我逃跑了。如果当时她说出来的话，尊敬的魔法师你就会叫我回来，那么所有的一切就不会发生了。她能为我做什么来补偿呢？"

小女孩说："我吃的这个坚果味道不错。如果你愿意的话，我就会施展魔法，把剪刀送给你，这把剪刀锋利强大，有了它，当你和你的子孙从海里来到陆地上的时候，就可以随时吃到这么美味的坚果了。或者当附近没有石头或者洞穴的时候，你可以用这把剪刀挖一个属于你自己的普萨特德罗湖；当泥土太坚硬的时候，你还可以用这把剪刀爬到树上去。"

波·艾玛说："我还是不愿意，因为，我的身体这么柔软，你们送我的所有东西都派不上用场。把硬壳还给我吧。啊！尊敬的魔法师，我会按照你的指示去做游戏。"

魔法师说："我将把硬壳还给你，波·艾玛。一

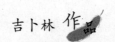

吉卜林 作品

年当中的十一个月里你都可以拥有它，但是每年的第十二个月它就会再次变软，来提醒你和你子孙我在施展魔法，这样做是为了让你保持谦虚。因为我知道如果你既可以生活在水里，又可以生活在陆地上，你就会变得很鲁莽。如果你可以爬上树砸开坚果，可以用剪刀挖洞，你就会变得贪婪，波·艾玛。"

这时，波·艾玛略想了一会说："我愿意。我接受所有馈赠。"

接着，魔法师用右手五根指头同时施展魔法，亲爱的小朋友们，看一看呀，瞧一瞧，波·艾玛越变越小，越变越小，直到最后变成了一只绿色的小螃蟹，在独木舟旁边的水面上游来游去。他用细小的声音喊道："把剪刀给我吧！"

小女孩把他拿起来放在褐色的小手掌上，然后把他放在独木舟底部，把剪刀送给他。于是，他一边挥舞着两只小胳膊上的剪刀，打开又合上，发出"咔嚓咔嚓"的响声，一边说："我可以吃坚果，我可以砸开坚果壳，我可以挖洞，我可以爬树，我可以在干燥的空气中呼吸，我还可以在每一块石头下找到一个安全的普萨特德罗湖。我原来可不知道我这么重要啊。昆？"（这样做对吗？）

"帕亚昆（这个主意不错）。"魔法师说。说完他笑了，并祝福了螃蟹。于是小波·艾玛从独木舟傍边匆匆沉入水底。他长得很小，甚至可以躲在一片枯叶的阴影底下，或者躲在海底一个空贝壳里。

"这个主意不错吧？"魔法师问。

"不错。"人说，"但是现在我们要返回霹雳河了，要划回去可真是一条漫漫长路呀。如果我们等到波·艾玛从普萨特德罗湖出来回到家，那么海水就能把我们带回家。"

"你太懒了！"魔法师说，"因此你的子孙也一定很懒。他们一定是世界上最懒的人，应该叫他们'玛雷兹'——懒人。"说完他举起手指着月亮说："啊，渔夫，这个人懒得不想划船回家。用你的鱼线把他拉回家吧，渔夫。"

"那怎么行？"人说，"如果我变得整天游手好闲，那从今往后就让大海每天为我工作两次吧。这样就省得划船了。"

吉卜林 作品

最年长的魔法师大笑着说："帕亚昆。"

这时，月亮上的老鼠停止啃咬鱼线，渔夫把鱼线放下来，直到鱼线碰到海面，接着他用鱼线把整片大海往前拖去。于是海水流过滨棠岛、新加坡，流过马六甲海峡、马来西亚雪兰莪州，直到独木舟又一次被海水卷进霹雳河口。"昆？"月亮上的渔夫说。

"帕亚昆。"魔法师说，"你瞧，从现在起，你每天都要拖动海水，白天晚上各两次，这样的话，'玛雷兹'渔夫就不用划船了。但是你要小心，不要用力过度，不然的话，我可要像对波·艾玛一样，对你施展魔法了。"

亲爱的小朋友们，然后他们都登上霹雳河岸回家睡觉了。

现在请你们认真读下去！

从那时起月亮一直吸引着海水潮涨潮落，形成潮汐现象。有时月亮上的渔夫拖动海水有点儿用力过度，于是就形成了"大潮"。有时又拖得太温柔，于是就形成了"小潮"。但是他一直都很小心，因为他害怕魔法师惩罚他。

波·艾玛又过得怎样呢？当你去海边的时候，你

会看到波·艾玛的孩子们是怎样在沙滩上的每块石头、
每束海草下面为自己挖一个小小的普萨特德罗湖的情
景，你还会看到他们挥舞着小剪刀。在世界上的有些地方他们的确生活在干燥的陆地上，并且爬上棕榈树吃坚果，就像小女孩所承诺的那样。但是所有的螃蟹每年都要蜕掉一次硬壳，柔软的身体提醒他们不要忘

记魔法师的强大法力。所以，仅仅因为很久很久以前老波·艾玛蠢钝不堪、行为粗鲁就杀死或捕获他的后代是不公平的。

啊，对了！波·艾玛的孩子们讨厌被人从他们那小小的普萨特德罗湖里抓走，并且用酱菜瓶把他们带回家。这就是为什么他们会用小剪刀夹你，那你可是活该了！

> 到中国去的船只，
>
> 经过了波·艾玛的游乐地，
>
> 驶进他的普萨特德罗湖里。
>
> 在离巴哈马群岛最近的航道上，
>
> 伍斯特和劳埃德，
>
> 清楚地知道波·艾玛的住地，
>
> 就像大海中的渔夫，
>
> 了解本斯山峰和鲁巴题诺山无异。
>
> 但是——这是相当奇怪的，
>
> 大西洋可到不了这里；
>
> 东方、西方和出发的日期，
>
> 肯定走另一条航路去。

吉卜林 作品

东方、锚、特等舱位和霍尔，

却从来不向那里驶。

克莱德造船公司若发现自己走在这里，

肯定会大吃一惊又迷离。

"海狸"带走自己的货物，

离开尼日利亚的拉各斯船坞，

到了马来西亚的槟榔屿。

胖子肖·萨维尔载乘客，

来到美丽的新加坡。

"白星"要去印尼的泗水，

英国拆船业者经过纳塔尔，

到了印尼的井里文才结尾。

然后了不起的劳埃德先生从此过，

用一根铁丝把它们拽回住所！

等你吃完了山竹果，

就会猜出我的谜语是什么。

如果你没有耐性，那就找人要一份《泰晤士报》的封皮，翻到报纸的第二页，左上方标着"航海"，然后找份地图册——这是世界上最好看的图画书了，再看看地图上蒸汽船图标是怎样与地点名称相对应的。所有的小朋友们都会做的，要是你看不到的话，就让别人指给你看吧。

吉卜林 作品

豹子身上的斑点是怎么长出来的

亲爱的小朋友们，人们刚开始狩猎时，豹子住在一个高地草原上。记住，那不是低矮的草原，不是长满矮树丛的草原，也不是一毛不长的草原，而是一望无际、气候炎热、阳光明媚的高地草原。那里黄沙遍地、到处是沙黄色的岩石和一簇簇的沙黄色野草；生活着长颈鹿、斑马、大羚羊和条纹羚羊等野生动物。他们全身都是浅黄色，只有豹子与众不同——外形像猫，全身都是黄褐色，与高地草原融为一体。对长颈鹿、斑马和其他动物来说，这可不是个好兆头。因为他可以躺在沙黄色的岩石边或草丛里，长颈鹿等动物一走过来时，豹子就一跃而起，吓得他们四处逃窜。事实确实如此！还有一个埃塞俄比亚人，他经常和豹子一起外出狩猎——埃塞俄比亚人用弓箭作为武器，豹子用的却是牙齿和爪子。他们把长颈鹿、羚羊等追得无处可逃。亲爱的小朋友们，这些小动物们真是走投无路了！

过了很久（那时候，各种生物的寿命都很长），这些动物渐渐学会了如何避开豹子或埃塞俄比亚人，同时离开了高地草原。长颈鹿带头，因为他的腿最长。他们不停地跑，终于来到了一片大森林里。这里树木林立、荆棘丛生；白天艳阳高照，透过树叶在地上显现出各种各样的图案，有长条波纹，也有斑斑点点，还有一片一片的阴影。他们在这里藏了下来。又过了很久，因为在林子里躲藏时，身子在阴影和阳光下半隐半现，树影星星点点地落在他们身上，所以长颈鹿身上长出大块的斑点，斑马的身上则长出波浪形的条纹。卷角羊和大羚羊变得更黑了，背上还长出树皮一样的曲线来。即使能听见他们的声音，嗅到他们的气味，但如果不知道往哪里看的话，你绝对找不出他们藏在哪里。他们在森林的树影深处度过了一段美好的时光。埃塞俄比亚人和豹子却在高地草原四处奔跑，想知道

吉卜林 作品

他们的早点、正餐和饭后茶点都跑到哪里去了。最后，他们实在太饿了，开始吃老鼠、甲虫和山兔，过了一会儿，他们的肚子开始疼痛难忍。这时，他们遇到了南非最聪明的动物狒狒，他长着狗一样的脑袋，还"汪汪"直叫。

当时天气炎热，豹子问狒狒："猎物都到哪里去了？"

狒狒眨了眨眼。他心里很清楚。

埃塞俄比亚人对狒狒说："你能告诉我当地的动物现在都住在哪里吗？"（这与豹子的问题是同一回事儿，但埃塞俄比亚人说的话总是很长。他是个大人。）

狒狒眨了眨眼。他心里很清楚。

狒狒回答说："猎物们都去了别的地方。豹子，我建议你尽快换个'点'。"

埃塞俄比亚人说："这倒是个好主意，但我希望知道，当地的动物是否迁到其他地方去了。"

狒狒说："现在是改变的时刻，当地的动物与当地的植物结合在一起。埃塞俄比亚人，我建议你也尽快改变自己。"

听了这话，豹子和埃塞俄比亚人迷惑不已，但他们还是动身寻找当地的植物去了。过了好几天，他们看到一片茂密的森林，树干上到处斑斑点点、隐隐约约、条条叉叉。（大声地读出来吧，你会发现树影有多么密。）

"这是怎么回事儿？"豹子问道，"这里这么黑，

却又到处闪着光亮？"

"我不知道，"埃塞俄比亚人回答说，"但应该是当地的植物吧。我能嗅到长颈鹿的气味，听到长颈鹿的叫声，就是看不到长颈鹿的身影。"

"真是奇怪。"豹子说，"我想可能是因为我们刚从阳光强烈的地方走进来吧。我可以嗅到斑马的气味，听到斑马的叫声，就是看不到斑马的身影。"

"等一会儿。"埃塞俄比亚人说，"自从我们上一次打猎以来，已经过去好久了，可能都忘记他们长什么样了。"

"胡说！"豹子说，"我可是清清楚楚地记得他们在高地草原上的样子，特别是他们美味的髓骨。长颈鹿大概有五米多高，从头到脚都是金黄色；斑马大概一米半高，全身都是浅黄褐色。"

"唔，"埃塞俄比亚人打量着森林里斑斑驳驳的树影，"那么，在这么暗的地方，他们应该很明显，就像熏制室里熟透的香蕉一样。"

但事实并不是这样。豹子和埃塞俄比亚人找了一天；尽管他们能嗅到动物们的气味，听到他们的声音，但却看不到他们。

豹子吃茶点的时间到了，他说："天哪，等天黑后再说吧。白天打猎真是个笑话。"

于是，他们一直等到天黑。星光透过枝叶落在地上，形成了长长的影子。豹子听到一种轻微的喘息声，便朝声音方向猛扑过去。这个动物闻起来像斑马，摸起来像斑马，被扑倒挣扎时也像斑马，但豹子却看不到他。于是，豹子大喝一声："安静点，你这个没形的家伙。我要在你脑袋上坐一个晚上，因为你身上有些东西我还不太清楚。"

这时，他们听到了喘息声，接着就是混乱的碰撞声。埃塞俄比亚人喊道："我抓了个东西，但是看不清楚。它闻起来像长颈鹿，挣扎时像长颈鹿，但没有任何形状。"

"别信它，"豹子说，"和我一样，在他头上坐一个晚上。这两个家伙都没什么形状。"

于是，他们就这样一直坐到天亮。豹子说，"兄弟，你那个是什么东西？"

埃塞俄比亚人挠了挠头，说："这个东西从头到

吉卜林 作品

脚都是黄褐色，应该是只长颈鹿；但它身上长满了栗子一样的斑点。兄弟，你那里呢？"

豹子挠了挠脑袋，说："这家伙应该是灰褐色，应该是匹斑马。但他身上长满了黑紫色的条纹。斑马，你到底对自己做了什么？难道你不知道吗，如果是在高地草原上，我从十五六公里外就能看见你了。真是没形。"

"是的。"斑马说，"但这里不是高地草原，你看不见吗？"

"我现在可以看见了。"豹子说，"但我昨天看不见，这是怎么回事儿？"

"你让我们起来，"斑马说，"我们就告诉你。"

他们让斑马和长颈鹿起来。斑马走到荆棘丛下，阳光一缕缕照射下来；长颈鹿则来到几棵高树下，树影斑斑点点地落在他身上。

"现在可以看了。"斑马和长颈鹿说，"就是这么回事。一——二——三，你们的早餐哪儿去了？"

豹子不停地张望，埃塞俄比亚人也四处张望，但他们只看到森林里成条斑驳的树影，斑马和长颈鹿都不见了。他们已经躲进了幽暗的森林中。

"嗨！嗨！"埃塞俄比亚人喊道，"这真是个值得学习的好计策。吸取教训吧，豹子。在这个黑漆漆的地方，你看起来就像煤桶中的一块肥皂似的。"

"嗬！嗬！"豹子说，"你不知道自己也像煤袋子中的芥末盘吗？"

"算了，说什么都顶不上饭。"埃塞俄比亚人说，"主要是我们与这里的背景太不相称了。我决定接受狒狒的建议。他说我应该改变；但除了皮肤，我没什么地方可改变的。所以，我想改变我皮肤的颜色。"

"变成什么颜色呢？"豹子兴奋地问道。

"变成黑褐色，再添上点紫色和黄灰色。这样的话，藏在洞穴里或树后面就好办了。"

于是他开始忙这忙那，变换自己的肤色。豹子异常兴奋，他以前从未见过人还可以变换肤色。

正当埃塞俄比亚人把自己的最后一根小手指变成黑色时，豹子问道："那我该怎么办呀？"

"你也应该听从狒狒的建议。他建议你换个'点'。"

"我换了呀！"豹子说，"我拼命跑到了其他地方。

吉卜林 作品

还和你一起到了这里，让我学到了不少啊。"

"噢，"埃塞俄比亚人说，"狒狒不是说南非的什么地点。他说的是你身上的点。"

"那有什么用啊？"豹子问。

"你想一想长颈鹿吧。"埃塞俄比亚人说，"不然的话，要是你喜欢条纹的话，就想一想斑马吧。他们对自己身上的斑点和条纹可是非常满意。"

"唔，"豹子说，"我可不想像斑马那样，想都别想。"

"你可要想清楚。"埃塞俄比亚人说，"我很喜欢和你一起打猎，但如果你非要像黑篱笆墙前面的一棵向日葵的话，我也只能放弃了。"

"那我就选斑点吧。"豹子说，"但斑点不要太大了，我可不想像长颈鹿那样，不想永远那样。"

"我可以用指尖帮你。"埃塞比亚人说，"我皮肤上还有很多黑色。站过来！"

接着，埃塞俄比亚人五指紧紧并拢（他新改变的皮肤上还有很多黑色），按在豹子身上，五指经过的地方，留下了五个密密的小黑点。亲爱的小朋友，你可以在任何一头豹子身上看到这种黑点。有时，他的手指不小心滑了一下，印记有点模糊；但如果离豹子很近，那你总会看到五个点——五指尖留下的胖胖的黑点。

"现在，你可漂亮多了！"埃塞俄比亚人说，"你可以躺在地上，看上去像一堆鹅卵石；你也可以躺在裸露的岩石上，看上去像一块布丁岩；你还可以躺在枝叶繁茂的树枝上，看上去像洒落在叶间的阳光；你甚至可以躺在路中间，看上去就与周围融为一体。想

想吧，真是太棒了！"

"要真是这样的话，"豹子问，"那你为什么不弄成斑点呢？"

"噢，纯黑色是最好的，"埃塞俄比亚人说，"现在，让我们去看看能否与那些家伙打个平手。看他们还敢不敢喊'一——二——三，你们的早餐哪儿去了？'"

于是，他们离开了，从此过上了幸福快乐的生活。亲爱的小朋友们，故事就这样结束了。

哦，你可能经常听到大人们说："埃塞俄比亚人能改变他们的肤色，豹子能改变它们身上的斑点吗？"我想，如果埃塞俄比亚人或豹子没有做过这样的事的话，大人们也不会经常问这种愚蠢的问题了。你怎么想？但他们现在不会这么做了，因为他们对自己很满意。

我是最聪明的狒狒，说出的话最灵异：

"让我们和大自然在一起——只有我俩彼此相依。"

人们坐着马车来——拜访。我的妈妈就在那里……

如果你愿意带上我——保姆说她不介意。

让我们去猪舍，到农场围墙上休息！

让我们与小兔对话，看它们的尾巴飘逸！

让我们——哦，什么都可以，爸爸，只有我和你，

进行真正的探险，回来已到茶点时！

你的靴子在这里（我已经拿来），你的帽子、手棍在这里。

你的烟斗、烟草在这里。哦，快快拿去——快快拿去。

吉卜林 作品

大象宝宝问问题

　　亲爱的小朋友们，很久很久以前，大象没有长长的象鼻。他只有一个突起的黑乎乎的鼻子，有一只靴子那么大，可以从一边扭到另一边，却不能用鼻子捡东西。但是，有一头大象———只新出生的象——就是大象宝宝，好奇心特别重，总是问很多的问题。他住在非洲，这里的一切都让他新奇不已。他问高个子的鸵鸟阿姨为什么长着那样的尾羽，结果，高个子的鸵鸟阿姨就用硬硬的爪子打了他的屁股。他问大个子的长颈鹿叔叔身上的斑点是怎么长出来的，大个子的长颈鹿叔叔用厚厚的蹄子踢了他的屁股。但他的好奇心仍然那么强！他问胖胖的河马姑姑为什么她的眼睛是红色的，胖胖的河马姑姑就用宽宽的蹄子重重地踹了他的屁股；他还问长毛的狒狒伯伯甜瓜为什么是这种味道，长毛的狒狒伯伯用毛茸茸的爪子挠了他的屁股。但他的好奇心仍然那么强！每见到一件事情、听到一个故事、闻到一种气味或摸到一个东西，他都会提问，结果让所有的叔叔、伯伯、阿姨和姑姑打了屁股。但他的好奇心仍然那么强！

　　一个春分时节的清晨，天气晴朗。大家出来春游，好奇的大象宝宝提出了一个以前从未提过的问题。他问："鳄鱼吃什么东西呀？"每个人都恐惧地大声"嘘"他，然后直截了当地拍了他的屁股好长时间。

　　春游结束后，大象宝宝看到荆棘丛中有一只咕噜鸟，就走过去，对咕噜鸟说："我爸爸打我屁股，我妈妈也打我屁股，所有的叔叔阿姨都打我屁股，就因为我好奇心太强了。但我还是想知道鳄鱼吃什么！"

　　咕噜鸟"咕噜"了一声，说："到那条灰灰绿绿、滑滑腻腻的利姆波波河去吧，那里有金鸡纳树，去那里找答案吧。"

　　第二天清晨，和往常一样，春游结束了。好奇的

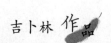
吉卜林 作品

大象宝宝拿了一百斤香蕉——又红又短的那种，一百斤甘蔗——又紫又长的那种，十七个甜瓜——又绿又脆的那种，对他所有亲爱的家人说："再见。我想去那条灰灰绿绿、滑滑腻腻的利姆波波河，那里有金鸡纳树，我想去看看鳄鱼吃什么！"尽管大象宝宝很有礼貌地想请他们别打他，但为了讨个吉利，他们还是打了他一顿。

然后，大象宝宝就出发了。他有点儿生气，但却一点儿也不吃惊。他一边吃甜瓜，一边把瓜皮扔得满地都是，因为他不能把瓜皮捡起来。

他从格莱汉姆城走到金柏利，从金柏利走到了卡玛城，又从卡玛城往东北方向走去，一路上都吃着甜瓜。最后，他来到了灰灰绿绿、滑滑腻腻的利姆波波河，那里长着金鸡纳树，就像咕噜鸟说的那样。

现在，亲爱的小朋友们，你们可能知道了，直到那一周，那一天，那一时，那一分，这头好奇心很强的大象宝宝还没有见到过鳄鱼，不知道鳄鱼是什么样子。他只是好奇心太重了。

他看到的第一件东西是缠绕在一块岩石上的一条

双色大蟒蛇。

"打扰您一下，"大象宝宝彬彬有礼地说，"您在这个乱七八糟的地方看到过鳄鱼吗？"

"我见过鳄鱼吗？"双色大蟒蛇轻蔑地说道，"你接下来要问我什么呢？"

　　"打扰您一下，"大象宝宝说，"您能告诉我他吃什么吗？"

　　双色大蟒蛇迅速伸开缠绕在石头上的身体，用他那长着鳞片、像鞭子一样的尾巴打了大象宝宝的屁股。

　　"真是奇怪啊！"象宝宝说，"就因为我好奇心重，我的爸爸妈妈，我的叔叔阿姨，更不用提河马姑姑和狒狒伯伯了，他们都打我屁股。我想，大蟒蛇也是因为这个原因才打我的吧。"

　　于是，他很有礼貌地向双色大蟒蛇告别，并帮助他把身子缠到石头上，然后继续往前走。他有点儿生气，但却一点儿都不惊奇。他一边吃着甜瓜，一边把瓜皮扔得到处都是，因为他不能把瓜皮捡起来。他走啊走，然后踩到一个东西，他以为那是长着金鸡纳树的利姆波波河边的圆木。

　　但这是一条鳄鱼，噢，亲爱的小朋友们，鳄鱼眨了眨一只眼睛！

　　"打扰一下，"大象宝宝有礼貌地问道，"请问您在这个乱糟糟的地方见到过鳄鱼吗？"

　　鳄鱼眨了眨另一只眼睛，把半截尾巴从泥中翘起；象宝宝有礼貌地往后退了退，因为他不想再被打屁股了。

　　"到这儿来，小家伙。"鳄鱼说，"你为什么问这样的问题呀？"

　　"请原谅。"大象宝宝很有礼貌地说，"我爸爸打我屁股，我妈妈打我屁股，更别提我的高个子鸵鸟阿姨和大个子的长颈鹿叔叔了，他们打我屁股打得可重啦！还有胖胖的河马姑姑和长毛的狒狒伯伯，包括刚才在河边碰到的那条长着鳞片、尾巴像鞭子一样的双色大蟒蛇，他打得比其他人都重。所以，如果你和他们一样，我可不想再挨打了。"

　　"过来，小家伙。"鳄鱼说，"因为我就是鳄鱼。"他滴下几滴鳄鱼的眼泪，好证明自己说的没错。

　　大象宝宝听了这话，几乎停住了呼吸，他喘着粗气，跪在岸边说："您就是我这几天一直在找的鳄鱼啊。那您能告诉我您吃什么吗？"

　　"过来，小家伙，"鳄鱼说，"让我悄悄地告诉你。"

吉卜林 作品

大象宝宝把头靠近鳄鱼散发着麝香气味、长着獠牙的嘴边，鳄鱼咬住了他的小鼻子，直到那一周，那一天，那一时，那一分之前，他的鼻子虽说还管用，但还比不上一只靴子那么大。

"我想，"鳄鱼从牙缝里挤出几个字，"我想，今天，我要开始吃大象宝宝的肉了。"

亲爱的小朋友们，大象宝宝听了这话后，非常气愤，他带着浓浓的鼻音说："放开我！你把我弄疼了！"

这时，双色大蟒蛇从河边滑了下来，说："小朋友，现在，如果你不尽力赶快往外拽鼻子，我敢保证，在你能喊杰克·罗宾逊之前，这个皮革大块头（他指的是鳄鱼）就要把你拖进远处那清澈的河里了。"

双色大蟒蛇经常这样说话。

大象宝宝用小屁股坐起来，拔啊拔，拔啊拔，他的鼻子开始拉长。鳄鱼挣扎着进了水里，尾巴不停地搅动，把水搅得浑浑的，他也拔啊拔，拔啊拔。

大象宝宝的鼻子不停地拉长。他伸出四条小短腿，使劲地拔啊拔，想将鼻子从鳄鱼口中拔出来，他的鼻子继续不停地拉长。鳄鱼的尾巴像桨一样，不停地翻滚，他也拔啊拔，拔啊拔，每拔一下，大象宝宝的鼻子就长长一点——疼得他不得了！

大象宝宝觉得自己的腿开始打滑，他的鼻子已经拉到五尺长了，他从鼻孔里蹦出几个字："我真受不了了！"

这时，双色大蟒蛇从岸边滑了过来，将自己的身体缠在大象宝宝的后腿上，打了一个双重的卷结，说："你这个小旅行者，真是又鲁莽又没有经验。现在，我们应该集中精力，全力猛拉。如果不这样，那条上层是装甲板的自驱式军舰（噢，亲爱的小朋友们，他说的是鳄鱼），就会永远地葬送你的未来。"

双色大蟒蛇经常这样说话。

于是，大蟒蛇拔啊拔，大象宝宝也拔啊拔，鳄鱼也拔啊拔。但大象宝宝和双色大蟒蛇全力以赴。终于，鳄鱼松开了大象宝宝的鼻子，"扑通"一下掉进了河里。你可以在利姆波波河的上游和下游都听到"扑通"声的。

大象宝宝一屁股坐在地上，但他首先礼貌地对双色大蟒蛇说了声"谢谢您"。然后，他就开始心疼起自己可怜的鼻子，他用清凉的香蕉叶把鼻子都包了起

吉卜林 作品

来，然后放到灰灰绿绿、滑滑腻腻的利姆波波河里，好让鼻子凉下来。

"你这是在做什么呢？"双色大蟒蛇问道。

"对不起，"大象宝宝说，"但我的鼻子变形得很厉害，我在等鼻子缩回去。"

"那你可要等上很长时间了，"双色大蟒蛇说道，"有些东西就是不知好歹。"

大象宝宝坐在那里等了三天，想等鼻子缩回去。但鼻子一点儿也没有变短，而且他还把自己的眼睛拉斜了。亲爱的小朋友们，鳄鱼把象宝宝的鼻子拉成了今天这样的长象鼻。

第三天晚上，一只苍蝇飞了过来，叮在了大象宝宝的肩膀上。他还来不及想，就挥起象鼻，用鼻尖把苍蝇拍死了。

"优势之一！"双色大蟒蛇说，"你原来那个一丁点儿大的鼻子可做不到。试试吃点什么吧！"

大象宝宝还来不及想自己做了什么，就伸出长长的象鼻，拔了一大束草，用前腿顶着，把灰尘弄干净，直接塞进了嘴里。

"优势之二！"双色大蟒蛇说道，"你原来那个一丁点儿大的鼻子可做不到。你不觉得太阳有点毒辣吗？"

"是的。"大象宝宝回答说，想都没想，他就用鼻子从灰灰绿绿、滑滑腻腻的利姆波波河边舀了一捧湿土拍在自己头上，给自己的耳朵后面带上了一圈清凉的泥帽。

"优势之三！"双色大蟒蛇说道，"你原来那个一丁点儿大的鼻子可做不到。现在，你对自己被打屁股有什么想法？"

"不好意思，"大象宝宝说，"但我确实不喜欢挨打。"

"那你想打别人吗？"双色大蟒蛇问道。

"我很想啊。"大象宝宝说。

"那么，"双色大蟒蛇说，"你会发现，用新鼻子去打人会非常方便。"

"谢谢您。"大象宝宝说，"我会记住的。现在，我想我该回家了，回到我亲爱的家人那里，再试试。"

于是，大象宝宝摇着自己的鼻子，穿过非洲，踏

吉卜林 作品

上了回家的路。每当他想吃水果时，他就用自己长长的鼻子从树上把水果摘下来，而不像以前那样等着水果自己掉下来；当他想吃草时，他就用鼻子从地上拔出草来，而不像以前那样跪下去吃草；当苍蝇叮他时，他就从树上掰下一根树枝来驱赶苍蝇；太阳烤得他难受时，他就用鼻子给自己做一顶清凉的新泥帽；当他走在非洲感到孤单时，他就用鼻子下的嘴巴给自己唱歌，声音比几个乐队的演奏都要响亮。

他还特地绕路，找了一匹胖胖的海马（她和大象宝宝没有任何关系），重重地打了她的屁股，想要看看双色大蟒蛇说过的关于自己新鼻子的事是不是真的。余下的时间，他就把去利姆波波河路上扔的瓜壳捡起来——因为他是一个爱干净的厚皮类动物。

　　一个黑漆漆的晚上，大象宝宝终于回家了，他卷起鼻子说："你们好吗？"见到大象宝宝，家人们都很高兴，马上对他说，"到这边来，让我们打屁股，谁让你那么好奇呢。"

　　"噗！"大象宝宝说，"你们这些人可能都不知道被打屁股是什么感觉，但我知道，现在让我给你们看看。"然后，他伸长自己的鼻子，把两个哥哥打了个四脚朝天。

　　"哦，天哪！"他们惊叹道，"你怎么学会这个本领的，你的鼻子怎么啦？"

　　"我从灰灰绿绿、滑滑腻腻的利姆波波河边的鳄鱼那里得到了一个新鼻子。"大象宝宝说，"我问他吃什么，他就给了我这个。"

　　"这个鼻子看上去可真丑。"长毛的狒狒伯伯说。

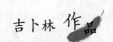
吉卜林 作品

"确实很丑。"大象宝宝说，"但它很管用。"他卷起长毛狒狒伯伯一条毛茸茸的腿，把他塞进了马蜂窝里。

紧接着，在很长一段时间里，这个大象宝宝把所有的亲人都打了个遍，亲人们都怒火中烧、惊奇万分。他拔掉了高个子鸵鸟阿姨的尾羽；抓住大个子长颈鹿叔叔的后腿，把他拽进了荆棘丛中；对着胖胖的河马姑姑大喊大叫，趁她吃完饭在水里睡觉的时候，把气泡吹进她的耳朵里。但他不允许任何人碰那只咕噜鸟。

最后，这个大家庭变得非常热闹，他们一个接一个急匆匆地到灰灰绿绿、滑滑腻腻、长着金鸡纳树的利姆波波河边，想从鳄鱼那里弄到一个新鼻子。他们回来后，再也不打人了。从那天起，噢，亲爱的小朋友们，正如你所看到的，每头大象都像那头好奇心十足的大象宝宝一样，有了一根长长的象鼻子。

> 我有六个忠实的仆人：
>
> 它们教会了我全部知识，
>
> 它们的名字是什么，何地和何时，
>
> 以及如何，为何与何人。

我派它们下海又到陆地，

我派它们到东又到西。

它们为我做完事，

我让它们全休息。

我让它们从九时歇到五时。

我忙忙碌碌不歇息，

我给它们做早餐、中餐，把茶沏，

因为它们肚里空空胃很饥。

但人人看法都各异：

我认识一个小女子——

派一千万仆人做事急，

成天不休息！

她让它们去办事，

每天她一睁开眼——

就会看到一百万个如何，两百万个何地，

还有七百万个为何呢！

吉卜林 作品

蝴蝶跺脚

亲爱的小朋友们，有这样一个故事——这个故事新颖而绝妙，而且和其他故事绝对不同——一个关于世界上最有智慧的君王苏莱曼·斌·达乌德，也就是大卫王的儿子所罗门的故事。

苏莱曼·斌·达乌德的故事有三百五十五个，可以讲上一年，但这个却不是其中之一。这不是麦鸡找水的故事；不是戴胜鸟为苏莱曼·斌·达乌德遮阳的故事；也不是关于玻璃大道、弯孔红宝石或巴尔克丝的金条的故事，而是关于一只蝴蝶跺脚的故事。

小朋友们，打起精神，听我给你讲吧！

苏莱曼·斌·达乌德非常聪明。他能听懂野兽、鸟类、鱼虫的话语，还能明白地底下岩石的呻吟，知晓清晨树叶的"沙沙"声。他清楚一切：坐在长椅上的主教、墙边的牛膝草，他都知道。他的皇后，世间最美丽的巴尔克丝，几乎也和他一样聪明。

苏莱曼·斌·达乌德富有魔力。他右手的中指上戴着一枚戒指。他把戒指转动一次，神怪们就会从地下出来，做他所吩咐的一切事；他转动两次，仙女们就会从天上下来，按他所吩咐的去行事；他转动三次，最伟大的天使——死神，就会穿得像个送水工人似的，出来告诉他三界的消息：天堂、阴间和人间。

尽管如此，苏莱曼·斌·达乌德却从不骄傲。他很少炫耀，若是不小心这么做了，他心里就会很难受。有一次，他想在一天之内喂饱世界上所有的动物，食物准备好后，从深海里冒出来一个动物，三口就把食物吃光了。苏莱曼·斌·达乌德非常惊奇，问道："噢，动物啊，你是谁啊？"那个动物回答说："噢，君王万岁！我是三千个兄弟中最小的，我们的家在海底。我们听说您想喂养世界上所有的动物，我的哥哥们让我来问正餐是否准备好了。"苏莱曼·斌·达乌德更加惊奇，说：

吉卜林 作品

"噢，动物啊，我为所有动物预备的食物，刚才都让你吃光了。"这个动物又说："愿我王万岁，但这真是正餐吗？我们那里都会在两顿饭之间吃两次这种点心。"苏莱曼·斌·达乌德不再高兴，无精打采地问道："动物啊，我准备这样的食物，并不是真对动物那么友善，而只是想让人知道我是多么伟大和富有。我实在是太羞愧了，真是罪有应得。"苏莱曼·斌·达乌德不愧是个受人尊敬的智者，从那以后，他时刻牢记炫耀是多么愚蠢。我的故事就从这里开始了。

苏莱曼·斌·达乌德有很多妻子。除了美丽无双的巴尔克丝，还有九百九十九个王妃。他们一起生活在一个美丽的大花园里，花园里到处是喷泉，还有一座雄伟的金殿，他们就住在那里。他其实并不想要这么多妻子，但那时，每个人都娶很多妻子，他当然要娶更多，好表明自己是个君王。

他的妻子们有些很友善，有些却很可怕。那些可怕的妻子经常找友善的妻子吵架，让她们也变得可怕起来。接着，她们又和苏莱曼·斌·达乌德吵个不休，让他伤透了脑筋。美丽的巴尔克丝却从来不和苏莱曼斌·达乌德吵架，她非常爱他。她总是静静地坐在金殿的房间里，或是在花园中散步，心里为他难过。

当然，如果他转动手指上的戒指，把恶魔和神灵叫出来，他们就能施展魔法，把这九百九十九个王妃变成沙漠里的白骡，变成灰狗或石榴的种子。但苏莱曼·斌·达乌德认为那是炫耀。所以，她们吵得厉害时，他就会独自一人在美丽的花园中漫步，懊恼自己来到了这个世上。

一次，这九百九十九个王妃一起连续吵了三个星期，苏莱曼·斌·达乌德像往常一样，出去躲清静。在满目橙黄的树林中，他遇见了美丽的巴尔克丝，她正在为苏莱曼·斌·达乌德的烦恼伤心。于是，她对他说："我的君王，我的希望，转动你受伤的戒指，让那些埃及、美索不达米亚、波斯和中国的女人们知道你是多么伟大和让人敬畏吧。"但苏莱曼·斌·达乌德摇了摇头，说："我的妻，我生命中的喜乐，还记得那个从海里出来的动物吗？就因为我炫耀，才会在所有动物面前蒙羞。现在，如果仅仅因为她们使我烦恼，就在波斯、埃及、美索不达米和中国的女人们

吉卜林 作品

面前炫耀，我会更加蒙羞的。"

　　苏莱曼·斌·达乌德说："我的妻，我心灵的满足，我会继续忍耐这九百九十九个女人的争吵。"

随即，他来到花园中，这里百花齐放，百合、枇杷、玫瑰和美人蕉等，开得好不热闹，芳香馥郁的姜科植物林立其中。接着，他又来到一棵巨大的樟树下，这棵树向来有"苏莱曼·斌·达乌德的樟树"之称。巴尔克丝藏在樟树后，躲在茂密的鸢尾丛中、斑驳的竹林里、红色的百合花间，借此靠近她心爱的人——苏莱曼·斌·达乌德。

过了不久，有两只蝴蝶飞到树下，争吵起来。

苏莱曼·斌·达乌德听到其中的一只蝴蝶对另一只说："我很奇怪你竟敢以这种语气对我说话。难道你不知道：只要我跺跺脚，苏莱曼·斌·达乌德的宫殿，还有这座美丽的花园就会立刻轰然倒下吗？"

苏莱曼·斌·达乌德忘记了他的九百九十九个王妃，开怀地笑了，樟树也因蝴蝶的吹牛颤动起来。他伸出手指来，说道："小家伙，你过来。"

蝴蝶害怕得要命，但他还是飞到苏莱曼·斌·达乌德的手中，立在那里，翅膀不停地扇动。苏莱曼·斌·达乌德低下头，轻声地低语道："小家伙，你明明知道即使你跺脚，草也不会弯一下。为什么还要吓你的妻

吉卜林 作品

子呢？——毫无疑问，她确实是你的妻子。"

蝴蝶望着苏莱曼·斌·达乌德，这个最具智慧的君王，看到他的眼光闪烁，如同霜夜的星星。蝴蝶收起翅膀，鼓起勇气，头歪向一边，说："噢，君王万岁。她是我的妻子，您也知道妻子们是怎么回事儿。"

苏莱曼·斌·达乌德摸着胡子微微一笑，回答说："不错，小兄弟，我是知道。"

"男人总得想办法管管她们，"蝴蝶说道，"她和我吵了整整一个早晨了，我这么说，只是想让她安静下来。"

苏莱曼·斌·达乌德说："你希望她会安静下来。小兄弟，回到你妻子那里去吧，让我听听你说了什么。"

蝴蝶飞了回去，他妻子正在树叶后边喋喋不休，问："他听到你说话了！苏莱曼·斌·达乌德听到你说话了！"

"他当然能听到我说的话！"蝴蝶说道，"他当然能听到，我就是想让他听到！"

"那他说什么了？噢，他说什么了？"

"好吧，"蝴蝶煞有介事地说，"这可是你我之间的悄悄话，亲爱的。我当然没有因为他的宫殿花费巨大，而且树上的柑橘刚刚成熟而责怪他。他求我不要跺脚，我答应了。"

"你真仁慈！"他妻子说完，便安静地坐在那里。但小蝴蝶的妄言让苏莱曼·斌·达乌德却笑得眼泪都流了出来。

美丽的巴尔克丝微笑着站在树后红色的百合花中，因为她也听到了蝴蝶夫妻的对话。她想："如果我够聪明，那我也应该能够帮助我的君王远离那些争吵的女人。"想到这里，她伸出手指，轻声地对着蝴蝶妻子说："小妇人，到这儿来。"蝴蝶妻子飞了过来，立在巴尔克丝那白嫩的手指上，吓得要命。

巴尔克丝低下她美丽的脸庞，低语道："小妇人，你相信你丈夫刚才所说的吗？"

蝴蝶妻子望着巴尔克丝，她美丽的眼睛如同星光在上面闪烁的一汪深水。于是，小蝴蝶拍着翅膀，鼓起勇气说："我的王后，愿您永远美丽。你知道男人们是怎么回事儿。"

示巴的智者，王后巴尔克丝，掩面而笑，说："小

吉卜林 作品

姐妹，我知道。"

"他们会生气，"蝴蝶的妻子说，飞快地扇动着翅膀，"明明什么事儿都没有，但我们必须迁就一下，王后。他们所说的，有一半是假的。我的丈夫说他一跺脚，苏莱曼·斌·达乌德的宫殿就会消失，如果我相信他的话就能让他高兴，那我何乐而不为呢。他明天准会忘得一干二净。"

"小姐妹，"巴尔克丝说道，"你做得太对了。但如果他再吹嘘的话，就抓住他的把柄，让他跺脚试试，看看会发生什么事。我们都了解男人的那点心思，不是吗？他肯定会惭愧不已。"

蝴蝶妻子飞回丈夫身边。五分钟以后，他们吵得更凶了。

"记住！"蝴蝶说，"你可要记住我一跺脚就会发生什么事！"

"我根本就不信。"蝴蝶妻子说，"我倒是很想看看，你现在要是跺脚，到底会怎么样。"

"我已经答应苏莱曼·斌·达乌德不跺脚了。"蝴蝶说道，"我不能背信弃义。"

"违背了又怎么样。"他妻子说，"反正即使你跺脚，草尖也不会弯一下。我看你敢不敢。"她说："跺吧！跺吧！快跺脚！"

苏莱曼·斌·达乌德坐在樟树下，听着这一切，忍不住放声大笑，他这辈子还没这么开怀过。他完全忘记了自己的王妃们，忘记了那个从大海里出来的动物，也忘记了炫耀这回事。他只是快乐地笑着，树另一边的巴尔克丝，看到自己心爱的人这么开心，也笑了。

不一会儿，蝴蝶飞到了樟树下，大汗淋淋、气喘吁吁地对所罗门讲道："她让我跺脚，她想看看会发生什么，噢，苏莱曼·斌·达乌德，你知道，我根本就做不到。从此以后，她不会再相信我说的任何话，她会在以后的日子里一直嘲笑我的！"

"不会的，我的小兄弟。"苏莱曼·斌·达乌德说道，"她不会再嘲笑你了。"说完话，他转动了手上的戒指——不是为了炫耀，而是为了蝴蝶——瞧，从地底下钻出四个巨大的神灵来。

"我的仆人们，"苏莱曼·斌·达乌德说道，"当我手指上的这个小兄弟（冒失的蝴蝶竟然坐在了所罗

吉卜林 作品

门的手指上）跺他的前脚的时候，你们用一道闪电让我的宫殿和花园消失。当他再跺脚的时候你们就让一切恢复原样。"

"好了，我的小兄弟，现在你回到你妻子身边，然后做你想做的事情吧。"

蝴蝶飞回正在哭泣的妻子的身边。"我就知道你不敢做，我就知道你不敢做，你倒是跺脚啊，现在就跺脚，跺啊！"巴尔克丝看到四个巨大的神灵站在了宫殿的四个角落，就轻轻地拍拍手说道："苏莱曼·斌·达乌德为了一只蝴蝶肯这样做，而不是为了他自己，如果他为自己这么做的话，那些爱吵架的王妃就会害怕了。"

蝴蝶跺了一脚。神灵们把整个皇宫和花园都抛到了空中一千六百公里高的地方，一切都陷入黑暗之中。蝴蝶的妻子在黑暗中颤抖，哭泣着说道："哦，我不再要求你这么做了，我不该说那样的话，对不起，我亲爱的丈夫，赶紧把宫殿弄回来吧，我以后不会再反驳你了。"

蝴蝶也和他的妻子一样害怕，苏莱曼·斌·达乌德却哈哈大笑，几分钟后才缓过气来，对蝴蝶小声说道：

"再跺一次脚啊，我的小兄弟。把我的宫殿还给我啊，你这个最伟大的魔术师。"

"是的，让他的宫殿恢复原样吧！"蝴蝶的妻子嚷道，仍然如同飞蛾般，在黑暗中乱飞。"让他的宫殿恢复原样吧，不要再用什么可怕的魔术了！"

"哦，亲爱的，"蝴蝶故作勇敢地说，"看到你唠叨的后果了吧。当然，我是无所谓的——我已经是司空见惯了——但因为你和苏莱曼·斌·达乌德，我不介意让一切恢复原样。"

于是，他又跺了一次脚，神灵立刻把宫殿和花园从空中放下来，一点都没有碰撞。阳光洒落在墨绿的桔叶上；喷泉在粉红色的埃及百合花中嬉戏；鸟儿不停地吟唱。蝴蝶的妻子躺在樟树下，摆动着翅膀，气喘吁吁地说："哦，我会听话的！我会听话的！"

苏莱曼·斌·达乌德笑得说不出话来。他打着嗝儿，虚弱地向后仰着身体，冲蝴蝶晃了晃手指，说："哦，伟大的奇才，你把王宫还给我，还让我这么快乐，这到底有什么意义？"

吉卜林 作品

忽然传来一阵喧哗声，九百九十九个王妃都跑出宫殿，叫着自己的孩子。她们每一百人一排，急急地跑到喷泉下光滑的大理石台阶上。最聪明的巴尔克丝王后仪态万千地迎了上去，问道："怎么了，王妃们？"

她们每一百人一排，站在大理石台阶上，喊道："我们怎么了？我们像往常一样在金殿里和平地过着日子，可宫殿突然消失不见了，我们坐在黑暗中，周围一片嘈杂；一阵轰隆声后，恶魔和神灵在黑暗中游走！这就是我们的麻烦事，哦，王后啊，这让我们非常不安，真是太糟糕了，比我们以前所知道的都要麻烦。"

美丽无双的巴尔克丝——苏莱曼·斌·达乌德最心爱的妻子——示巴、萨比和南部金地河畔（从津恩沙漠直到津巴布韦要塞）的王后，很有智慧，几乎和苏莱曼·斌·达乌德同样聪明，她说："哦，王妃们，这没什么！有一只蝴蝶对妻子很不满，因为她老和他吵架，他恳求我们的君王苏莱曼·斌·达乌德帮忙，让她学会低声说话，举止谦卑。因为对蝴蝶来说，这才是妻子应有的美德。"

一位埃及的王妃——法老的女儿——站起来说道：

吉卜林 作品

"一只小虫子，不可能把我们的宫殿像韭菜一样连根拔起。不可能！苏莱曼·斌·达乌德一定已经死了，所以消息传来，我们才会看到天色变暗，才会感到大地震动！"

巴尔克丝看都没看一下这位大胆的王妃，只是召唤她和其他王妃："过来看看吧！"

她们每一百个人一排，走下大理石台阶。在那棵樟树下，她们看到最聪明的苏莱曼·斌·达乌德笑得全身震颤，没了力气。他的左右手上各停着一只蝴蝶。她们听到他说："哦，我飞舞在空中的小兄弟的妻子，以后你要记住，在所有的事情上要讨你丈夫的喜悦，免得他再跺脚。因为他说他经常施展这种魔法，他是一个伟大的魔术师——他曾偷走苏莱曼·斌·达乌德的宫殿。平平安安地去吧，小家伙们！"他吻了吻他们的翅膀，两只蝴蝶就飞走了。

除了容貌出众的巴尔克丝面带微笑外，其他所有王妃的脸色都黯淡下来，她们彼此说："如果一只蝴蝶对他的妻子不满，就发生这种事情，那么这些天来一直吵吵闹闹，让君王忧心的我们，又会发生什么事呢？"

然后，她们带上面纱，以手掩口，悄悄地踮起脚尖，回到王宫中去了。

美丽出色的巴尔克丝王后——穿过红色的百合花，来到樟树下，把手搭在苏莱曼·斌·达乌德的肩膀上，说道："哦，我的君王，我灵魂的宝藏，愿你快乐。我们刚刚已经教训了那些从埃及、埃塞俄比亚、阿比西尼亚、波斯、印度和中国来的王妃们，她们一定会记得这一课的。"

苏莱曼·斌·达乌德的目光仍追随着在日光下嬉戏的两只蝴蝶，他说："哦，我的夫人，我幸福的宝藏，这一切是什么时候发生的？我从进花园以后，就一直在与蝴蝶玩耍。"说完，他把自己所做的事情都告诉了巴尔克丝。

温柔可爱的巴尔克丝王后说："哦，我的君王，我生命的主宰，我躲在樟树后看到了这一切。是我让蝴蝶的妻子要她的丈夫踩脚的，因为我希望借这次开玩笑的机会，我的君王能施展魔法，让那些王妃能有所顾虑。"她把王妃们所说的话、所看见的东西和想

吉卜林作品

法都告诉了他。

　　苏莱曼·斌·达鸟德从樟树下的座位上站了起来，伸了伸手臂，欣喜地说道："哦，我的夫人，我生活的蜜糖，你要知道，如果我像上次为动物们准备盛宴那样，因为骄傲或愤怒就对王妃们施展魔法，那只会让自己无地自容。但因为你的智慧，我不但用魔法开了个玩笑，顺便帮助了一下小蝴蝶，还让我从王妃们的困扰中解脱出来。告诉我，我的夫人，我心灵的归属，你怎么这么聪明呢？"身体修长、秀丽无比的巴尔克丝王后抬起头来，凝望着苏莱曼·斌·达鸟德的眼睛。她像蝴蝶那样歪着头，说："首先，我的君王，因为我很爱你，其次，我的君王，因为我了解女人。"

　　他们回到宫殿中，从此过着幸福的生活。巴尔克丝是不是很聪明啊？

　　　　从这里，直到地极

　　　　从来没有王后，能像巴尔克丝。

　　　　她与蝴蝶低语，

　　　　如同你与朋友互诉心曲。

创世以来没有人，

能像君王所罗门；

他与蝴蝶频对话，

就像男人谈趣闻。

她是赛博伊的王后，

他是亚洲的贵胄，

夫妻二人常散步，

与蝴蝶们互致问候！

吉卜林 作品

鲸鱼的喉咙是怎么长出来的

亲爱的小朋友们，从前，在大海里，有一条大鲸鱼，他以鱼为食，吃海星、颌针鱼、海蟹、比目鱼、鲽鱼、鲦鱼、鳐鱼、鲭鱼、狗鱼，还吃滑溜溜的鳗鱼，只要是海里能碰到的鱼都吃。直到最后，海里只剩下一条小鱼，他在鲸鱼的耳朵后边儿游着，这样一来，鲸鱼就伤不了他了。鲸鱼站起身来，说道："我饿了。"小鱼用细微的声音回道："尊敬的大鲸鱼阁下，你尝过人肉的味道吗？"

"没尝过。"鲸鱼答道，"人肉的味道是什么样儿的？"

"味道不错。"小鱼说，"就是有点儿疙疙瘩瘩的。"

"那就给我拿一些来吧。"鲸鱼命令道，用尾巴在海上激起一阵泡沫。

　　"一次抓一个就够了。"小鱼说，"要是你游到北纬50度，西经40度的地方，海的中央，就会发现一个沉船的水手坐在木筏上，他穿着帆布短裤，戴着吊裤带（千万别忘了吊裤带，亲爱的小朋友们），握着一把水手刀。对你老实说吧，这个水手可是个头脑聪明，身手矫捷的人。"

　　于是，鲸鱼就游啊游，用尽全力地游，游到北纬50度，西经40度的地方。在海的中央漂着一个竹筏，

竹筏上有个水手，穿着帆布的短裤，系着吊裤带（千万别忘了吊裤带，亲爱的小朋友们），手里握着一把水手刀，把脚放在水里，让竹筏拖着前行。船只失事了，他正孤独呢。他长大了，妈妈允许他出海，不然是不会经历这些的，他就是那个头脑聪明，身手矫捷的人。

鲸鱼张开嘴，越张越大，越张越大，直到嘴碰到了自己的尾巴。他把那个船只失事的水手、水手乘坐的竹筏，还有水手的蓝色帆布裤啊，吊裤带啊（你可不要忘了这个哟），还有他的折叠刀啊，等等，统统吞进了自己那温热漆黑的肚子里。鲸鱼舔舔嘴唇——在海面上翻了三个跟头。

这个聪明的水手一发现自己进了鲸鱼那温暖而黑暗的肚子里，就又跳又蹦，又捶又撞，在里面手舞足蹈，又打又咬，爬来爬去，不停地徘徊，不停地咆哮，又叹气，又大叫，还跳起了角笛舞，弄得大鲸鱼难过极了。（你没忘记水手还有个吊裤带吧？）

于是鲸鱼对小鱼说："这个人真顽固，他一直弄得我想打嗝。我该怎么办呢？"

"那就让他出来吧。"小鱼说道。

于是，鲸鱼便用喉咙向失事船只的水手喊话："你给我出来，老实点儿。我都打嗝了。"

水手说："不行，不行！要是你能把我带到家乡的海滨，让我看到阿尔宾的白色悬崖，或许我还可以考虑考虑。"

说完，他就又开始在里面变本加厉地跳起来。

"你最好把他带回家去。"小鱼劝解道，"我不得不提醒你，他可是个机智过人的主儿。"

鲸鱼听了小鱼的话，就朝着海滨游啊游，用两侧的鱼鳍和尾巴使劲儿游，想尽快摆脱打嗝的窘境。终于，他看到了水手的老家还有阿尔宾白色的悬崖，他加快速度，向海滨游去。他把嘴巴张得很大很大，说："从这里转车就可以去温彻斯特，车站就在菲茨伯格路上。"就在他提到菲茨两字时，水手从他的口中走出来。但是由于鲸鱼还在游动，机智的水手就拿起水手刀，把木筏砍短，做成一个小栅栏，把纵横交错的木头压平，用裤带把它们系紧（现在你知道为什么要记住裤带了吧），他把栅栏拖进鲸鱼的喉咙里，卡在那里。然后，他就背诵了以下的歌谣，这个是你从来没听过的，让

吉卜林 作品

我来背给你听吧——

用一个栅栏阻止了你吃我。

因为水手也是个爱尔兰人。他走出来，站到海边的小圆石上，回家找妈妈，妈妈让他把脚放在水里。后来，他结了婚，从此过着幸福的生活。鲸鱼也过上了幸福的生活。但是，从那天起，鲸鱼喉咙里的栅栏就没出来过，因为鲸鱼不能把它咳出来，也不能把它吞下去，有了这个栅栏，鲸鱼就只能吃一些小小鱼。这就是为什么现在的鲸鱼不吃人，更不吃小男孩儿和小女孩儿了。

小鱼逃走了，藏在赤道门槛下面的泥浆里，他怕鲸鱼生他的气。

水手带着水手刀回家了。他穿着蓝色帆布短裤走出来，站在小圆石上。吊裤带留下了，你知道的，用来捆绑栅栏了。故事就这样结束了。

船舱外的海水映照得舷窗暗绿；

轮船驶向意大利——摇摇晃晃向前去；

乘务员掉进了汤碗里，

衣箱悄悄滑动须臾，

◇ 原来如此 ◇

纳斯蜷缩在地板上寄寓。

妈妈告诉你别打扰她起居，

不会把你弄醒，不给你洗漱，不给你穿衣服，

究竟是为什么，你心里千头万绪——

你不要有疑虑，

你在北纬五十度、西经四十度的海域！

吉卜林 作品

老袋鼠的愿望

袋鼠从前不是我们现在看到的样子，而是截然不同的长着四条短腿的动物。他身上披着灰色的皮毛，骄傲自大。他在澳大利亚中部一块露出地面的岩层上跳了一会儿舞，然后就去找小神纳卡。

在早饭前六点的时候，他找到了纳卡，对他说："请你在下午五点钟之前，把我变得和其他动物都不同。"

纳卡从座位上一跃而起，大吼一声："走开！"

他身上披着灰色的皮毛，骄傲自大。他在澳大利亚中部一块露出地面的岩层上跳了一会儿舞，然后就去找中神纳庆。

在早饭后八点的时候，他找到了纳庆，对他说："请在今天下午五点钟之前把我变得和其他动物都不同，而且让我受欢迎。"

纳庆从荆棘丛中的地洞里跳出来，大吼一声："走开！"

他身上披着灰色的皮毛，骄傲自大。他在澳大利亚中部一块露出地面的岩层上跳了一会儿舞，然后就去找大神纳琼。

在晚饭前八点的时候，他找到了纳琼，对他说："请在今天下午五点钟之前，把我变得和其他动物都不同，让我到处受欢迎，到处受追捧。"

纳琼大神从沙漠的盐田里跳出来，吼道："好吧。"

纳琼唤来一条野狗——黄色的澳洲野狗叫"丁哥"——这条狗总是吃不饱，在阳光下显得脏兮兮的。大神把袋鼠带到他面前，轻声道："丁哥！醒来吧，丁哥！你看到在灰坑里翩翩起舞的绅士了吗？他想变得受欢迎，受追捧。丁哥，满足他的要求吧！"

丁哥一跃而起——黄色的澳洲野狗叫"丁哥"——吼道："什么？是那个像猫又像兔子的家伙吗？"

丁哥急急忙忙跑开——黄色的澳洲野狗叫"丁

吉卜林 作品

哥"——总是吃不饱，咧嘴笑得像个煤桶，追着袋鼠跑。

骄傲的袋鼠像只兔子一样迈着四条小短腿儿，逃啊逃。

亲爱的小朋友们，故事的前一部分到这里就先告一段落了。

袋鼠穿过沙漠，攀过高山，穿过盐田，经过芦苇丛，穿过蓝色的橡胶树林，通过荆棘丛，跑得前肢都疼了。

他得继续跑！

丁哥追啊追——黄色的澳洲野狗叫"丁哥"——总是吃不饱，咧着嘴笑成了捕鼠夹的模样，不近不远地追着袋鼠。

他得继续跑！

袋鼠跑啊跑——这只老袋鼠，他跑过树林，越过灌木丛，穿过高草，经过草地，穿过热带雨林，直跑得后腿也疼了。

他还得继续跑！

丁哥还在追——黄色的澳洲野狗叫"丁哥"——越来越饿，咧着嘴笑，像个马项圈，不近不远地追着袋鼠，一直跑到了万贡河。

这里没有桥梁，也没有渡船，袋鼠不知道怎样才能过去，他用后腿一站，跳了起来。

他得"跑"！

他跳过了澳大利亚东北部的弗林德斯河和辛德斯河，跳着穿过了澳洲中部的沙漠，像现在的袋鼠一样跳跃。

起初，他只跳出了一米远；然后是三米远，然后是五米；他的后腿变得越来越有力，越来越长。他很想休息，却没空休息。

丁哥还在追——黄色的澳洲野狗叫"丁哥"——越来越饿，越来越迷惑，他想知道是什么让老袋鼠先生

吉卜林 作品

学会了跳？

袋鼠像只蟋蟀一样跳着，像平底锅里的一粒豌豆，又像幼儿园地板上的一个新橡皮球。

他得继续跑！

他蜷起前腿，用后腿蹦跳；他伸出身后的尾巴来保持平衡；他跳着穿过达林多昂斯高原。

他得继续跑！

丁哥还在追——黄色的澳洲野狗叫"丁哥"——越来越饿，越来越迷惑，他想知道老袋鼠先生什么时候可以停下来。

不久，纳琼从盐田里走出来，说："五点到了。"

丁哥坐下来——可怜的野狗叫"丁哥"——总是吃不饱，在阳光下可以看到，他身上沾满灰尘，伸出舌头开始嗥叫。

袋鼠坐了下来——老袋鼠先生把尾巴伸出来，在身后像个挤奶的凳子，说："谢天谢地，终于结束了！"

一贯文质彬彬的纳琼神说："你为什么不感谢丁哥呢？为什么不谢谢他为你做的一切呢？"

精疲力尽的老袋鼠先生说："他把我追赶出了家乡；

他让我不能按时吃饭；他改变了我的样子，再也变不回来了；他在我的腿上捣了鬼。"

纳琼大神说："可能我曲解了你的意思，但是你不是要求我把你变得与众不同，让你受到追捧吗？五点之前都做到了呀。"

"这倒不错，"袋鼠答道，"我真希望自己没说那些话。我本以为你会用魔法和咒语来帮我的，这就像是个恶作剧。"

"恶作剧？"纳琼大神在蓝色橡胶水里正洗着澡，"再说一遍，我就叫丁哥来追你，直到跑断你的腿。"

"别，别，别，"袋鼠辩解道，"我道歉好了。腿就是腿，你不必把我的腿变得让我都想不到。我只是想对大神说我从早上就没吃过东西，肚子都饿扁了。"

"谁说不是啊！"丁哥——黄色的澳洲野狗应和着，"我也是。我让他变得与众不同了，现在可以喝杯茶休息一下了吧？"

纳琼大神说："明天再说吧，我得洗澡去了。"

就这样，他们被留在澳大利亚中部了。老袋鼠先生和野狗丁哥，他们相互指责："这都是你的错。"

吉卜林 作品

这是一首说大话的歌谣，

讲的是一只大雄袋鼠的赛跑，

这个故事很巧妙，这次赛跑也重要。

瓦瑞巴瑞咖茹玛的纳琼大神一念叨，

老袋鼠先生前面逃，黄狗丁哥后面跑。

袋鼠跳着跑开，

后腿动得像活塞——

从早到晚向前迈，

一跳就是二十五尺。

黄狗丁哥趴在地，

远远望去就像云彩——

忙活得叫不出来。

我的天！他们的足迹遍布山脉！

没人知道他们去了何方，

没人追寻他们的行藏，

因为那个大陆是没有名字的地方。

他们拐了个三十度的弯儿，

从陀利海峡跑到利物文邦，

（请看看地图集）

返回到原来的山岗上。

假如你从阿德莱德市出发，

一路跑到太平洋边崖，

整整一下午跑不停，

只跑他们一半的路程，

你就会浑身发热声嘶哑，

不过，你的腿会变得很发达——

是的，你这个缠扰不休的娃娃，

肯定会一帆风顺，前途远大！

吉卜林 作品

骆驼的驼峰是怎么长出来的

这个故事会告诉我们骆驼是怎样长出大驼峰的。

很久很久以前，刚刚诞生了新世界，动物刚刚开始为人类服务，有一头骆驼因为不想为人类工作，便住在"吼叫"沙漠中部，他本身就喜欢"吼叫"。他吃草根、荆棘、杂草，懒极了，要是伙伴和他说话，他就用一句"哼"来打发。

一个星期一的早晨，马来拜访他，马背上背着一个马鞍，嘴上带着笼头。马说："骆驼啊骆驼，出来和我们一起干活吧。"

骆驼鄙视地"哼"了一声，马跑去告诉了人。

不久，狗走到他跟前，嘴里叼着木棍儿说："骆驼啊骆驼，来和我们一起取货送货吧。"

骆驼鄙视地"哼"了一声，狗跑去告诉了人。

很快，牛来到他跟前，牛脖子上带着牛轭。牛说：
"骆驼啊骆驼，来和我们一起耕地吧。"

骆驼蔑视地"哼"了一声，牛跑去告诉了人。

这一天结束的时候，人把马、狗和牛叫到一起，
对他们说："你们三个呀，我真是为你们感到惋惜（生
活在这个崭新的世界里）。但是那个沙漠里背部有隆
肉的家伙不干活，要不他现在也应该在这里。这样，
我打算不管他了，你们呢，就得做双倍的工作补上。"

听了这话，这三个动物非常生气（在这个崭新的
世界里），他们在沙漠的边缘商量对付骆驼的办法，
还做了一场巫术法事；骆驼过来吃乳草消遣时间时，
嘲笑他们，"哼"了一声就走开了。

不久，掌管沙漠的灯神经过，从一片灰尘中现身
（灯神觉得这样会显得很魔幻），他停下来，听听马、
狗和牛的想法。

"沙漠的灯神啊，"马说，"在这个崭新的世界里，
我们应该偷懒吗？"

"肯定不应该。"灯神答道。

"那么，"马接着说，"在你管辖的'吼叫'沙

漠里有一个家伙，长着长长的脖子和长腿，从星期一早上起就没干过一点儿活儿。他连慢跑都不愿意呢。"

"哟！"灯神吹了声哨子，"那是我的骆驼，他说什么了？"

"他'哼'了一声！"狗说，"他不愿意搬东西。"

"他还说了些什么？"

"就只是'哼'！他不耕地。"牛说。

"知道了。"灯神说，"你们要是再等会儿，我就让他后悔。"

灯神卷起一袭尘土，裹住自己，在沙漠里悄悄地观察。他发现骆驼是最悠闲的，他正在看水池里自己的倒影，消磨时间。

"个子高的朋友啊，你可真是悠闲得很啊。"灯神说道，"我怎么听说在这个崭新的世界里，你总是不干活儿呢？"

"哼！"骆驼答道。

灯神坐下来，用手摸着下巴，开始构想一个神奇的魔力。骆驼自顾自地看水池里自己的倒影。

"你让你的三个同伴从周一的早上就做额外的活

118   吉卜林 作品

儿，这都是因为你的懒惰造成的。"灯神说，边说边用手摸着下巴，继续构想神奇的魔力。

"哼！"骆驼漠然。

"我要是你，就不会再'哼'了，"灯神说道，"你说这个字儿说的次数太多了。伙计，我想让你去干活儿。"

骆驼仍然是"哼"了一声。就在他"哼"的时候，他看到自己曾经引以为傲的脊背，膨胀膨胀成一个巨大的肉峰。

"看见了吧？"灯神问道，"那就是你自己的傲慢自大造成的，你从不干活儿。今天是星期四，从星期一开始别人都干活的时候，你就没干过活儿。现在你必须去干活儿。"

"怎么干啊？"骆驼问道，"我背上可是长了个肉峰。"

"那不是借口。"灯神说，"还不都是因为你偷了三天懒。你得连续干三天的活儿，不吃不喝，因为你背上的东西能让你不饿不渴。你不是抱怨我没为你做过什么吗？走出沙漠，去找你的三个伙伴，让他们看看你的能耐。"

骆驼背着肉峰，加入到三个伙伴的行列。从那一天起，骆驼就一直背一个肉峰。为了让他心里好受点儿，我们现在叫做驼峰；但是从世界刚刚开始，他就再也没有补上他偷懒的那三天落下的活计。他仍然傲慢无礼。

骆驼的驼峰是一个难看的肿块，

就像动物园里看到的那种怪态；

我们的驼背会更令人惊骇，

一无是处，无利有害。

小孩儿和大人相同，

要是我们偷懒啊不劳动，

我们就会驼背——

像骆驼一样驼背！

背上黑乎乎，蓝幽幽的驼峰！

我们头昏脑胀，

睡意朦胧地起了床。

吉卜林 作品

浑身发抖，皱着眉头，哼哼唧唧，声发狂，

不想洗澡，不想穿鞋，不想捉迷藏。

我应该有生存的本领，

（我知道你也有这样的本领）

当我们驼了背——

就会长出骆驼峰！

黑乎乎，蓝幽幽的驼峰！

怎样才能不驼背？

一直坐着准不行，

火旁读书也不成；

拿着锄头和铁铲，

锄地直到大汗生。

你就会发现太阳和清风，

还有那花园的灯神，

会将我们的驼峰扔，

可怕的驼峰，

黑乎乎，蓝幽幽的驼峰！

假如只是静坐不劳动，
我和你都会有驼峰，
我们全会有驼峰——
骆驼的驼峰！
大人孩子都相同。

吉卜林 作品

犀牛皮上的褶子是怎么来的

从前，在红海边上有一座荒岛，岛上住着一个帕西人，阳光射在他的帽子上，闪烁着比珠宝还璀璨的光芒。帕西人住在红海边上，只有他的帽子、匕首和做饭的炉灶与他相伴，但记着，千万别去碰那炉灶。有一天，他把面粉和清水和在一起，加了点儿葡萄干、李子、糖和其他一些作料，给自己做了个蛋糕，那蛋糕足有两尺长，三尺厚。

那真是高级食物（太神奇了），他把蛋糕放在炉灶上，因为他可以在炉灶上做饭。他烤啊烤，烤啊烤，直到把蛋糕烤成金黄色，闻起来美味极了。但是，就在他准备享用的时候，海滩上出现了一头生活在岛内的犀牛。他的鼻子上长着一个角，一双眼睛像猪眼睛一样，粗鲁无礼。那个时候，犀牛皮把他包裹得严严实实的，犀牛皮上没有一丝褶皱。他看起来就像诺亚方舟上的犀牛，当然，要比诺亚方舟上的犀牛大得多。不过像以前一样，他粗鲁无礼，根本就不知道"礼貌"俩字儿怎么写。

帕西人慌了神："这可怎么办啊？"他丢下蛋糕，爬到棕榈树顶上，只戴着帽子。在树顶上，太阳光总

能在帽子上反射出璀璨的光芒。犀牛用鼻子把炉灶打翻了，蛋糕滚到了沙地上，犀牛用鼻子上的牛角叉着蛋糕，吃了下去，吃完后就摇着尾巴跑走了，跑到与马赞德兰岛和海角毗邻的荒无人烟的内陆地带。犀牛走后，帕西人从棕榈树上下来，把炉灶放好，背诵下面的祈祷文，你没听说过，所以我会接着讲——

　　"谁拿了帕西人的蛋糕，

　　谁就会倒大霉。"

　　而且这段祈祷文的作用远不只此，你做梦都想不到。

　　五个星期后，红海里掀起一阵热浪，每个人都热得脱光了衣服。帕西人摘下帽子；犀牛脱下自己的皮，把皮扛在肩上，跑到海边的沙滩上。那时候，他的皮下面用三个扣子系着，看起来像件雨衣一样。他从来不提吃了帕西人的蛋糕的事儿，因为他已经把蛋糕吃得一点儿不剩。他从来不懂礼数。他把皮放在岸上，摇摇摆摆地径直走进海水里，在水里用鼻子吹泡泡。

　　这时候，帕西人刚好经过这里，发现了犀牛皮，他的脸上两次浮现出微笑。然后，他围着犀牛皮跳了三回舞，搓了搓手，回到自己的帐篷，把帽子里装满了蛋糕碎屑。因为帕西人只爱吃蛋糕，所以从来不把蛋糕屑扫出帐篷。他把犀牛皮拿起来，抖了抖，用力把尽可能多的变质干裂的蛋糕屑和烧焦的葡萄干揉搓到犀牛皮上，然后，他爬到棕榈树上，等着犀牛从水里出来，把皮披上。

犀牛上了岸，披上了犀牛皮，系上三个扣子，却觉得浑身发痒，就像是躺在洒满蛋糕屑的床上一样。他想挠挠，却越挠越痒。他趴在沙地上，一个接一个地打滚儿，越打滚儿身子越痒。他跑到棕榈树跟前，蹭啊蹭，使劲儿蹭，蹭得肩上出了一个褶子，下面也蹭出了褶子，蹭到有扣子的地方，就把扣子蹭掉了，腿上也蹭出了褶子。他气得发疯了，但是生气也解决不了问题。蛋糕屑在他的皮里，弄得他奇痒难忍。犀牛气呼呼地回家了，身上痒得厉害。从此以后，犀牛皮上就留下了很多褶子，而且犀牛性格暴躁，这都是拜那些蛋糕屑所赐。

另一边，帕西人从棕榈树上爬下来，戴着帽子。太阳射在帽子上，闪烁着璀璨的光芒。他收起烤炉，

吉卜林 作品

朝着奥伦塔沃、阿米戈德拉、阿南塔里沃草原和苏纳
普湿地的方向走去。

这是一个无人居住的荒岛，

靠近戈尔达夫海角，

濒临索科特拉岛的海礁，

粉红色的阿拉伯海围绕。

这里的天气温度高，

从苏伊士开始就像火烤，

你我若想吃帕西的蛋糕，

一定要行为得体有礼貌。

第一封信是怎么写的

很久很久以前，在新石器时代有一个人，他既不是朱特人，也不是盎格鲁人，更不是德拉威人，或许他就是德拉威人呢，亲爱的小朋友们，先别管这个问题。反正他是个原始人，住在洞穴里，穿得衣服很少，他不会读书，不会写字，也不想去做这些事。只要不饿，他真是无忧无虑，成天笑呵呵。他叫特古迈·博苏莱，意思是"做事不慌不忙的人"，亲爱的小朋友们，为了好叫，我们就叫他特古迈吧；他妻子叫特苏迈·特温德劳，意思是"爱问问题的女人"，亲爱的小朋友们，我们就叫他特苏迈吧；他女儿叫塔菲迈·梅塔卢迈，意思是"不懂礼貌、该打屁股的小孩"，我们就叫她

吉卜林 作品

塔菲吧。塔菲是爸爸妈妈的心肝宝贝儿，她从没挨过打，父母即便打她，也是为了她好。他们一家三口过得非常幸福。塔菲从会跑的时候起，就整天跟在爸爸的屁股后面，有时候他们感到饿了才回家。这时，特苏迈

就会责怪他们："你们俩到底去哪儿了，弄得浑身上下这么脏，我的特古迈，你还不如塔菲呢！"

小朋友们，现在可要认真听啊！

一天，特古迈下山穿过海狸沼泽去瓦盖河叉鱼，塔菲也去了。特古迈的鱼叉柄是木头做的，鱼叉头是鲨鱼的牙齿。他叉鱼时太用力了，把鱼叉狠狠地叉在河底，一下子折断了，可是他一条鱼还没叉到呢。这儿离家太远了（当然他们带了午饭），特古迈又忘了多带一个鱼叉来。

"鱼真多啊！"特古迈说道，"可我得花大半天功夫才能把鱼叉修好。"

"你的大黑鱼叉在家里呢，"塔菲说道，"让我跑回去向妈妈要吧。"

"对你的小胖腿来说路太远了，"特古迈说道，"而且，你会陷进海狸沼泽地淹死的，我们得好好干这个麻烦活。"他坐下来拿出小皮工具袋，里面装满了驯鹿筋、皮条、蜂蜡以及树脂。他坐下来，开始修鱼叉。

塔菲也坐了下来，脚尖伸进水里，手掌托着下巴，在那儿冥思苦想了一会儿，说道："爸爸啊，你和我

吉卜林 作品

都不会写字，真是讨厌，如果我们会写字，我们就可以写封信回去，再要一把鱼叉了。"

"塔菲啊，"特古迈说道，"我跟你说过多少次了，说话不能这么粗鲁？'讨厌'可不是个好词，不过正如你说的，如果我们能写信给家里，就方便多了。"

这时，有个陌生人沿着河边走来，但他属于遥远的特瓦拉部族，他听不懂特古迈的话语，他站在河边朝着塔菲笑，因为他自己家里也有一个女儿。特古迈从工具袋里拿出一束鹿筋，开始修理他的鱼叉。

"你过来吧，"塔菲说道，"你知道我妈妈住在哪里吗？"陌生人"嗯"了一声，注意啊，他可是特瓦拉人。

"笨死了！"塔菲跺着脚说道。因为有一大群鲤鱼从河里游过，他爸爸却不能用鱼叉抓鱼。

"别打扰大人。"特古迈说道。他一直忙着修鱼叉，所以说话的时候头也没回。

"我没打扰他啊！"塔菲说道，"我只是想让他做我想的事，可他就是不明白。"

"那你也别打扰我。"特古迈说道，然后继续用嘴咬住鹿筋的一端，用手拽着另一端捆绑鱼叉。这个陌生人是个真诚的特瓦拉人，他坐在草地上，塔菲就指给他看爸爸在干什么。陌生人心想："这个小女孩很厉害，她朝我跺脚、做鬼脸，她肯定是那个高贵酋长的女儿，那个酋长连看我一眼都不看，看来他非常高贵。"于是他显得更加谦卑了。

"现在，"塔菲说道，"我要你去找我妈妈，因为你的腿比我的长，你也不会掉进海狸沼泽地，你去拿我爸爸的另一个鱼叉来，鱼叉柄是黑色的，就挂在壁炉的上方。"

这个陌生人（别忘了他是特瓦拉人）心想："这个小孩真厉害，她朝我挥胳膊，对我吼，但我就不明白她的意思。但如果我不按她说的做，恐怕那个高傲的、背对别人说话的酋长会生气。"于是他起身弄了一大块儿桦树皮，把树皮递给了塔菲。亲爱的小朋友，他这样做是为了告诉女孩，他的心像桦树皮一样纯洁，绝对没有恶意，但塔菲一点也不明白他的意思。

"哦，"她说道，"我明白了，你想要我妈妈的地址，可惜我不会写字，不过要是有什么尖头的东西的话，

吉卜林 作品

我会画图，请把你脖子上的鲨鱼牙借给我用用。"

这个陌生人（就是那个特瓦拉人）什么都没说。于是，塔菲伸出小手去拉那人脖子上漂亮的珠子、种子和鲨鱼牙串成的项链。

陌生人（也就是那个特瓦拉人）心想："这个小孩非常非常非常厉害，我脖子上的鲨鱼牙有魔力，据说要是有人不经过我的同意碰它，那人就会膨胀爆裂。但这个小女孩并没有膨胀爆裂，还有那个高贵的酋长——专心修鱼叉的人，根本就没注意我，他好像一点都不担心他女儿会膨胀爆裂，我最好再礼貌些。"

于是，他把鲨鱼牙给了女孩，女孩就趴在地上，两腿抬起来，就像画室里要画画的人一样。她说道："现在我要给你画几张漂亮的画！你可以从我肩上方看，但不能晃来晃去。首先我要画爸爸叉鱼，看起来不大像，不过妈妈能认出来，因为我画的他的鱼叉折断了。然后我再画他想要的另一把黑柄鱼叉，它看上去像是刺在了爸爸后背上，因为鲨鱼牙滑了一下，再加上这张桦树皮空间不够了。它就是我让你取的那把鱼叉，我还要把我向你解释的场景画下来，我画的头发都竖着，

和我本人的不像，不过这样画起来比较快。"

"现在我再画你，我觉得你可好了，但是我画得你并不怎么好看，你不会生气的，对吧？"

陌生人（也就是那个特瓦拉人）笑了笑。他想："可能什么地方要爆发一场战争了，这个不寻常的小孩拿了我那有魔力的鲨鱼牙，身体却没有膨胀起来，也没有爆裂，她现在要我去把这个高贵酋长部落里的人都叫到这儿来帮他。他很高贵，否则他至少会看我一眼的。"

"看吧，"塔菲一边使劲地画着，一边说道，她画得非常潦草，"我也把你画好了，也把爸爸需要的黑鱼叉画在了你手里，是为了提醒你把它带来。现在我来告诉你怎么找到我妈妈。你一直往前走，一直走到这两棵树旁（那些是我画的树），然后你再爬过这座山（那是我画的山），你就会来到一片海狸沼泽地，里面全是海狸。我没把海狸画全，因为我不会画海狸，我只画了海狸的头。你穿越沼泽地时只能看到他们的头。注意，千万别掉进沼泽里面去了！我们的洞就在沼泽地的另一边，它的位置没有山那么高，我也画不

吉卜林 作品

出那么小的东西。在洞口的那个就是我妈妈，她非常漂亮，她是世界上最漂亮的妈妈，不过她不会因为我画的她不漂亮而生气的，她会很高兴的，因为我会画画了。为了不让你忘记，我把爸爸需要的那把黑鱼叉画在了洞外，其实它是在洞里面，不过你把画给妈妈看，她会给你的。我画的她举着手，因为我知道她看到你一定会很高兴的。这幅画是不是很好看？你看明白了吗？我还要再解释一遍吗？"

这个陌生人（也就是特瓦拉人）看了看图画，使劲点了点头，自言自语道："我若是不把这位酋长部落里的所有人都找来，他就会被从四面八方拿着鱼叉的敌人给杀死。现在我终于明白这位高贵的酋长为什么假装没有看见我了！他怕敌人就藏在周围的灌木丛里，他一动就会被发现。所以他就背对着我，让这个聪明的女孩画画来告诉我他们的困境。我会去他部落里找人来帮他的。"他也没向塔菲问路，就拿着桦树皮，疾风一般地钻进了灌木丛里，塔菲坐在地上，高兴极了。

桦树皮上就是塔菲给他画的图画。

"你干什么呢，塔菲？"特古迈问道。他已修好了鱼叉，现在正在来回地摆动它呢。

"我自作主张做了一件事，亲爱的爸爸。"塔菲说道，"如果你不问我，你一会儿就知道答案了，你会大吃一惊的，你不知道自己会多么惊讶，爸爸，我保证你会大吃一惊的！"

"很好。"特古迈说道，然后开始叉鱼。

那个陌生人，你还记得他是特瓦拉人吧？他手拿图画，匆匆忙忙跑了好几公里，他碰巧遇到了洞门口的特苏迈，她正在和其他女人说话，这些女人都是来吃午饭的。塔菲和她长得很像，尤其是额头和眼睛，这个陌生人（也就是那个特瓦拉人）礼貌地笑了笑，然后把桦树皮递给了特苏迈。他刚才一直在拼命地跑，所以现在累得气喘吁吁的，他腿上面被荆棘划得到处是伤，不过他仍然彬彬有礼。

特苏迈一看到这张画就尖叫起来，接着就扑向这个陌生人。其他女人也一起把他按倒在地，六人一排坐在了他身上，特苏迈抓住了他的头发。

她说道："他显然用矛刺遍了特古迈的身体，吓得塔菲头发都竖起来了，这还不够，他居然把这可怕

吉卜林 作品

的过程画下来带给我看。你们看！"特苏迈指着这幅图画，向其他坐在陌生人身上的女人说道："我的特古迈胳膊断了，一只矛刺在了他背上，还有一个人正准备再刺他，另一个人正在从洞里往外扔矛，特古迈身后还有一大群人（其实，那是塔菲画的海狸）。真是太可怕了！"

"太可怕了！"其他女人说道。接着他们把泥巴糊在了陌生人头上（对此，他感到很惊讶），然后她们敲起了部落鼓，隆隆的鼓声响彻天际，把她们部落的所有头领都集合起来，有盖特曼、多尔曼、伍恩、尼古斯和阿忽德，还有术士、巫医、施咒者和僧人。其余的人决定在那些女人把那个陌生人的头砍下来之前，一定要让他带着他们去河边找到可怜的塔菲。

这时这位陌生人真上火了（尽管他是特瓦拉人），那些女人把他的头发用泥巴涂得硬邦邦的，让他在凹凸不平的鹅卵石上滚来滚去，六个人一块儿坐在他身上击打他，他快要喘不上气来了，尽管他听不懂她们的语言，但他知道这些女人说的肯定不是什么好话。不过，他一句话也没说，直到特古迈所有的部落都集合在一块儿，然后他就带着他们去了瓦盖河，到那儿后，他们发现塔菲正在编雏菊花环，特古迈正专心致志地用修好的鱼叉叉鱼。

"哇，你可真快啊！"塔菲说道，"可你为什么要带这么多人来？亲爱的爸爸，这就是我说的惊喜，你是不是很吃惊啊？"

"简直太吃惊了，"特古迈说道，"今天甭想抓到一条鱼了，为什么我整个可亲、善良、优秀、整洁、安静的部落都来了，塔菲？"

不一会儿，那些人就来到了跟前，走在前面的是特苏迈和那些女人，他们紧紧地抓住陌生人，他头发上全是泥巴（尽管他是塔瓦拉人）。走在他们后面的是酋长、副酋长、副手和酋长助手，他们全都全副武装：有盖特曼带领的几百人，普拉托夫带领的一群人和多尔曼带领的一小队人，伍恩、尼古斯和阿忽德排在后面（他们也是全副武装）。在他们后面根据地位依次站着四大洞主（每个洞度过一季）和领地的下巴突出的佃农，洞主拥有一头私有驯鹿和两条大马哈鱼，佃农在冬天的夜晚可以用半张熊皮取暖。后面是家养的农奴，这些农奴根据继承法，继承了一块刮过的带骨髓的骨头，这些人离篝火七米远，（亲爱的小朋友们，这些词语很漂亮，对吗？）他们在那里欢腾大叫，把二十里外的鱼都要吓跑了，特古迈说着流利的新石器时代话语感谢他们。

特苏迈跑到河边，抱住塔菲就亲；特古迈部落的酋长跑过去抓住特古迈头顶的发束使劲地摇他。

"快说！快说！说！到底是怎么回事？"其他部落都吼道。

"谢天谢地，你们还活着。"特古迈说道，"把我的顶翎取下来，难道我的鲤鱼叉坏了，全村的人都得来吗？你们真会给我添麻烦。"

　　"我想你没有给爸爸带来黑柄鱼叉，"塔菲说道，"你们对这个善良的陌生人做了些什么呢？"

　　他们三三两两地左一拳右一拳，打得陌生人的眼睛冒出了金花，他只能气喘吁吁地指着塔菲。

　　"亲爱的，用矛刺你的那些混蛋在哪里啊？"特苏迈问道。

　　"没有人刺我啊。"特古迈说道，"今早唯一看到我们的人就是那个让你们搞得要窒息的可怜家伙。你怎么了，病了吗，特古迈部落还好吧？"

　　"他拿着一副可怕的画，"酋长说道，"那幅画上画的你全身都刺满了矛。"

　　"呃——嗯——，我要解释一下，那幅画是我给他的，"塔菲说道，她感觉很不舒服。

　　"你！"特古迈的部落的人都异口同声说道。

　　"不——懂——礼——貌——的——小——孩——子——真——该——打！"

142

"亲爱的塔菲，恐怕我们惹麻烦了。"她爸爸用胳膊搂住她说道，她并不在乎。

　　"快说！说啊！说啊！"特古迈部落的酋长说道，单脚跳着。

　　"我是想让那个陌生人去把爸爸的鱼叉带来，所以我画上了矛。"塔菲说道，"那不是很多矛，只有一只，我画了三次，我不想它看上去像刺在了爸爸头上，再加上桦树皮空间不大；还有，妈妈所说的敌人其实是海狸，我画它们是为了告诉陌生人沼泽里的路；我以为洞口的妈妈见到这么好的陌生人会很高兴，就把她画成举着双手，你们真是世界上最愚蠢的人！"塔菲接着说："他人很好，你们为什么要在他头发上抹泥巴呢？赶紧给他洗掉吧！"

　　人群沉默了很久，没有人说一句话。突然酋长笑了起来，然后陌生人（他至少是个特瓦拉人）也笑了起来，特古迈笑得趴倒在河岸上，部落里所有人都越笑越厉害，越笑越大声。只有特苏迈和那些女人们没有笑。她们对自己的丈夫很有礼貌，只是不停地说"白痴啊！白痴啊！"

特古迈部落的酋长又喊又叫又唱："哦，小——家——伙——没——礼——貌，真——该——打，真是瞎猫碰到死老鼠，你居然创造了个大发明！"

"我并没那么想，我只是想拿回爸爸的黑柄鱼叉。"塔菲说道。

"不管你想没想，反正这是项大发明，总有一天人们会称它为'文字'的。现在，它只能以画的形式表现出来，就像我们所见的这样，图画不容易理解。不过总有一天，我的特古迈小宝贝，我们会发明二十六个字母，那时我们就会读和写了，我们就可以准确无误地表达自己的想法了。让女人们把陌生人头发上的泥巴洗掉吧。"

"那样做我会很高兴的。"塔菲说道，"尽管你们把特古迈部落的其他矛都带来了，还是忘了带爸爸的黑柄鱼叉。"

酋长继续又喊又叫又唱，"亲爱的塔菲，你下次再写信，最好找个懂我们语言的人送信，向我们解释一下信的内容。我自己并不介意，可对特古迈部落的其他人就糟糕了，就如你所见的那样，把陌生人给吓

吉卜林 作品

坏了。"

　　最后特古迈收留了这个陌生人——他是个真诚的特瓦拉人，他很有风度，并没有因为那些女人把泥巴糊在他头上而大惊小怪。从那以后一直到现在，我觉得都是塔菲的错，因为很少有女孩愿意读或写，她们就喜欢画画，喜欢围着爸爸的屁股转——就像塔菲那样。

　　　　从吉尔德福镇大约走一个时辰，

　　　　在韦河附近，

　　　　有一条小道曲折延伸，

　　　　如今它已被杂草凌侵。

　　　　在这里，他们听见马铃叮当响，

　　　　古老的大不列颠人盛装骑马闲逛。

　　　　他们观看乌黑的腓尼基人

　　　　从西路带来的货筐。

　　　　在这里或在这附近，他们面对面，

　　　　讨价还价来交谈，

用珠子换取惠特比黑玉，

用锡换取鲜艳的贝壳项圈。

很久很久以前，

北美野牛曾在这里漫步。

塔菲和爸爸曾爬上那条小路，

在上面安家落户。

那时，海狸定居在宽石溪，

在布莱姆利站立的地方围建栖息地。

听说，希尔会前来，

在沙姆利站立的地方找寻塔菲迈。

韦河，塔菲叫它瓦盖，

那时是现在的六倍大，

特古迈部落的所有人才，

行为高尚，受人爱戴！

吉卜林 作品

字母的由来

　　亲爱的小朋友们，在塔菲迈·梅塔卢迈（我们管她叫小塔菲）犯了个小错的那周过后，当时她把爸爸的鱼叉子、陌生人、图画字母和其他一切都搞得一团糟，这周她又跟着爸爸去钓鲤鱼。妈妈想让她待在家里，帮她把大件兽皮用大晾晒杆儿晾到他们住的那个山洞外边，可是小塔菲一大早就悄悄溜到爸爸身边，和他一起钓鱼去了。不一会儿，小塔菲就禁不住"咯咯"地笑起来，爸爸叹道："别这么傻笑了，孩子！"

　　"可是，你不觉得很有意思吗！"小塔菲说，"你忘了酋长那张气得发紫的脸了吗？还有那个好心的陌生人沾满泥巴的头发，他看起来好滑稽呢！"

"我怎么会不记得呢？"特古迈爸爸答道，"就因为我们那么对他，还得赔给陌生人两张鹿皮，那可是有边儿的软鹿皮呢。"

"那又不是我们的错！"小塔菲委屈道，"都是妈妈和那些新石器时代的女士们干的好事，还有坏泥巴也来凑热闹。"

"咱们不说这个了。"特古迈爸爸安慰她道，"来吃午饭吧。"

小塔菲拿起一根有骨髓的骨头，像只小老鼠似的一动不动地呆了十分钟。这个时候，爸爸特古迈正用鲨鱼牙在桦树皮上画着。小塔菲说："爸爸，我有一个谁都想不到的好主意。你快弄出个动静儿来，什么动静儿都行。"

"啊！"特古迈爸爸说，"这样可以吗？"

"很好。"小塔菲说，"你看起来像条张着嘴的鲤鱼。爸爸，再喊几声儿。"

"啊！啊！啊！"特古迈爸爸就又喊了几声，"别闹了，塔菲。"

"我真的真的没有胡闹。"塔菲说，"这是我想

148 吉卜林 作品

出来的秘密游戏，会让你大吃一惊的。再喊一声嘛，
爸爸！一定要把嘴巴张到最最最大。把那颗鲨鱼牙借
我用一下，我要画一个大张的鱼嘴。"

"为什么要画鱼嘴呢？"特古迈爸爸不解。

"你看嘛！"小塔菲一边说，一边用鲨鱼牙在树
皮上画，"这是我们的秘密惊喜。只要我在我们的山
洞后面画一条张大嘴的鱼——要是妈妈不介意的话——
就是在提醒你那个'啊'的声音。这样我们就可以玩
游戏，就像去年冬天在海狸沼泽地里那样，我从黑暗
中跳出来，'啊'的一声吓你一跳。"

"这样啊？"特古迈爸爸用大人们感兴趣时用的
语气说道，"接着说，塔菲。"

"哎呀，坏了！"她说，"我不会画整条的鱼，
不过我可以画一个代表鱼嘴的图案。你知道鱼是怎么
用头倒立在泥浆里的吗？假装这是一条鱼（我们假装
一整条鱼都画出来了）。这是它的嘴，这个图案代表
'啊'。"于是小塔菲画了这个图案。

"听起来还不错嘛。"特古迈爸爸一边说，一
边在一块桦树皮上画着，"不过你忘了画鱼嘴上的

触须了。"

"我不会画，爸爸。"

"你用不着把整条鱼都画出来，只要画出张着的鱼嘴和嘴上的触须就可以了。这样我们就知道它代表一条鲤鱼了。因为鲈鱼和鳟鱼都没有触须。看这儿，塔菲。"于是，他画了这个图案。

"现在我就照着画。"小塔菲说，"你看到这个图案的时候，会明白图案的意思吗？"

"棒极了！"特古迈爸爸夸奖道。

小塔菲也画了一个图案。"不管在哪儿看到这个图案，我都会大吃一惊的，就像是你从大树后面跳出来大喊一声'啊'，吓了我一大跳。"

"现在再喊一个声音。"小塔菲扬扬得意地说。

"呀！"特古迈爸爸大声喊道。

"嗯，"小塔菲思索着，"这是个混合音。尾音是鲤鱼嘴巴张开发出的'啊'音；不过前面那个部分用什么表示呢？哎——哎——哎——啊！呀！"

"听起来挺像大鱼嘴巴'啊'的声音。我们再画一个鲤鱼嘴，把这些合在一起吧。"特古迈爸爸提议。

吉卜林作品

他也觉得很有趣。

"不，要是把它们合在一起，我会忘记的。分开画吧，画鱼的尾巴吧。如果他倒立的话，就应该先画尾巴。而且，我觉得我画尾巴最拿手。"塔菲说。

"这个主意不错！"特古迈爸爸夸奖道，"这是鲤鱼的尾巴，表示'哎'音。"于是，特古迈爸爸就画了这个图案，鱼尾巴代表"哎"。

"现在，我要试试。"小塔菲说，"你知道我不会像你那样画出尾巴，爸爸。要是我只画出尾巴分开的那部分，可以吗？"于是，塔菲画了个不完整的鱼尾巴。

特古迈爸爸点了点头，眼睛里流露出无比快乐的神情。

"太好看了，"她接着说，"现在再发个声，爸爸。"

"哦！"特古迈爸爸大声喊道。

"这个很简单，"小塔菲说，"撅起嘴巴，就像是鸡蛋或是小石子那样形成个圈圈。那么，我们就找鸡蛋或小石子来代表这个声音。"

"鸡蛋和小石子可不是随找随用的。我们得在桦树皮上画出这样的圈圈来。"于是，特古迈爸爸画了这样一个图案。

"天哪！"塔菲惊叹道，"我们画了好多代表声音的图案，有鲤鱼嘴，鲤鱼尾巴，还有鸡蛋！爸爸，现在再发一个声音。"

"嘘！"特古迈爸爸发了一个声音，皱了皱眉头，不过，小塔菲光顾着高兴，没有注意。

"这很简单呀。"小塔菲边说，边在桦木皮上画起来。

　　"什么很简单？"特古迈爸爸说，"我是说我在思考，不想被打扰。"

　　"这个声音和刚才的重复了，就像是一条蛇发出来的，爸爸，蛇正在思考，不想被打扰。那我们把这个'嘘'的声音用一条蛇代表，这样行吗？"于是，小塔菲画了一条蛇。

　　"爸爸，你看。"她说，"这是我们的另外一个秘密惊喜。你在修鱼叉的地方，也就是后面的洞口画一条蛇的时候，我就会知道你在思考问题，不会打扰你了；我就会像只小老鼠一样静悄悄的。要是你钓鱼的时候，就在河边的树上画这个图案，这样我就会蹑手蹑脚地走，不会惊扰水里的鱼儿。"

　　"说得对极了！"特古迈爸爸说，"塔菲，我的小宝贝，这个游戏里蕴藏着许多你不知道的东西。我觉得我的宝贝女儿发现了最有意思的事情，特古迈部落里用鲨鱼牙而不是用燧石做鱼叉头。我相信咱们发现了惊天秘密。"

"什么秘密呀？"塔菲急切地问道，眼神里充满了好奇。

"告诉你吧。"特古迈爸爸说，"在特古迈语言里，'水'是怎么说的？"

"是'呀'，它还有'河水'的意思，好比说瓦盖伊河就是瓦盖伊'呀'。"

"像黑水河沼泽水，那些喝了让人发烧的水叫什么？"

"是'哟'。"

"现在，"特古迈爸爸说，"要是你看到沼泽地的池塘边刻了这个图案呢？"于是特古迈爸爸画了一个图案。

"鲤鱼尾巴和圆圆的鸡蛋，把两个声音放在一起！'哟'，代表坏水。"塔菲说，"如果有这个图案，我肯定不会喝，我会记得你说过的，那是坏水。"

"不过我根本不需要在河边，我可能在几里之外，打猎什么的，也能画上这个图案。"

"我也会当做你站在那里，告诉我'塔菲，走开，不要喝这水，要不会生病发烧的'。而这句话就藏在

吉卜林 作品

这条鲤鱼尾巴和鸡蛋图案里！哦，爸爸，我们得告诉妈妈，快点儿！"塔菲围着特古迈爸爸手舞足蹈。

"等等，塔菲。"特古迈爸爸说，"我们还得再发明一些图案。让我们来瞧瞧。'哟'代表坏水，这和火烤的食物重复了，是不是？"于是，他画了这个图案。

"没错，爸爸，是蛇和鸡蛋。"塔菲说，"所以它的意思是晚饭做好了。要是你看到树上画着这个图案，你就知道该回山洞吃饭了。我看到这个图案，也会回来吃饭的。"

"没错。"特古迈爸爸说，"等一下，我遇到个麻烦。'所'是'来吃晚饭'的意思，但是'收'的意思是'晾晒兽皮的杆子'。"

"老掉牙的晾衣杆！"小塔菲说，"我不喜欢帮妈妈晒那些又重又热的长毛兽皮。如果爸爸画了蛇和鸡蛋，我以为是要吃晚饭，就从树丛那边回来吃饭，可是却发现是要帮妈妈晒两张兽皮，那可怎么办啊？"

"你肯定会不高兴，你妈妈也会不高兴的。我们必须给'收'发明一个新的图案。我们得画一条斑点蛇。"

"怎么画好呢？"塔菲说，"爸爸，你赶时间的时候可能就会忘了画斑点。我想我看到'收'的时候，就能明白妈妈的意思，那样的话，妈妈也可以找到我。不对！我们最好是给那些高高的晾晒杆画一张图，那样就一目了然了。我把晾晒杆画在蛇的后面，快看！"于是，塔菲画了出来。

　　"这样才保险。不管怎么说，它倒挺像咱们家的晾晒杆。"爸爸大笑着说，"现在我要发出蛇和晾晒杆的声音。塔菲，我说'什'，这是特古迈语言里的鱼叉。"特古迈爸爸笑了。

　　"别取笑我。"塔菲说。她正想着她的图画字母和那个头发上沾满泥巴的陌生人。

　　"爸爸，你来画吧。"

　　"这次咱们可没有海狸和小山，嗯？"特古迈爸爸说，"我会画一条直线，代表我的鱼叉。"于是，特古迈爸爸画了直线。

　　"这样就连你的妈妈也不会弄错，不会误以为我被杀了。"

　　"爸爸，别说这么不吉利的话，我不喜欢你这么说。

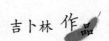

再发几个声音，那样会更好玩的。"

"呃！"特古迈爸爸思索了一下，抬头望了望天，"我们可以说'舒'，代表天空。"

小塔菲画了蛇和晾晒杆，然后她停了下来："我们得给刚才那个声音的尾音画一个图案，对吗？"

"舒——舒——舒！"特古迈爸爸说，"不用了吧。这个有点像是说鸡蛋时的口型变小了。"

"那就假设我们画了个小鸡蛋，假装是一只好多年都没有吃过东西的青蛙。"

"不对，塔菲。"特古迈爸爸说，"要是我们赶时间的话，容易把它当成鸡蛋的发音，那样就错了。舒——舒——舒！"

"爸爸告诉你怎么画，我们在鸡蛋的顶上开个小口，这样就可以表示'哦'的发音跑了气，然后变成小口形啦。就像这样。"于是，特古迈爸爸画了一个图案。

"哦，太可爱了！比瘦青蛙可爱多了，我们继续吧。"小塔菲一边说一边用她的鲨鱼牙画了起来。特古迈爸爸继续画着，激动得手都颤抖起来。他一直画，把图案画好了。

"别抬头，塔菲。"特古迈爸爸说，"试试你能不能想出这个发音在特古迈语里的意思。要是你想出来，我们就找到了奥秘所在了。"

"蛇——晾衣杆——破——鸡蛋——鲤鱼——尾巴和嘴，"小塔菲思索着，"舒——呀，天空——水（雨）。"正说着，一滴雨滴落在了小塔菲的手上，今天一整天天空中乌云密布，现在终于下雨了。"爸爸，怎么下雨了？你是要告诉我这个意思吗？"

"对啊，"特古迈爸爸说，"我可是一个字都没说，你就明白了，不是吗？"

"我以为我很快就会明白，不过，真正让我肯定的是那滴雨水。现在我会一直记着的。'舒——呀'代表雨，或者表示'快下雨了'。爸爸，爸爸。"小塔菲站起来，绕着特古迈爸爸手舞足蹈，"如果你在我起床之前出门，在墙上画了'舒——呀'，那样我就知道今天会下雨，我就会带上海狸皮兜帽，妈妈肯定会大吃一惊的！"

特古迈爸爸站起来，和小塔菲一起乐得手舞足蹈（那个时代的爸爸都不介意和女儿一起蹦蹦跳跳），

吉卜林 作品

"还不止这些呢，还不止！"他说，"如果我想告诉你今天不会下大雨，你一定到河边来，我该怎么画呢？先用特古迈语说。"

"'舒——呀——啦，呀嘛如。（雨停了，到河边来）好多新发音啊！我可不知道怎么画啦。"

"我知道，我知道啊！"特古迈爸爸兴奋地说，"塔菲，你只要好好听，我们今天就不做别的事了。我们现在有了'舒——呀'，对吗？不过我们遇到了点儿麻烦。啦——啦——啦。"特古迈爸爸边说，边挥舞着手中的鲨鱼牙。

"末尾是一条'嘶嘶'作响的蛇，而在蛇前面是个鱼嘴——啊嘶——啊嘶——啊嘶。我们只缺'啦——啦'。"塔菲说。

"我知道了，不过我们得想一个代表'啦——啦'的图案。哇！我们可是世界上最早使用它的人，小塔菲！"

"好的，"塔菲打了个哈欠，她实在是困了，"'啦嘶'既有打破或者结束，又有结尾的意思，对不对？"

"是的。"特古迈爸爸说。"'图—啦嘶'意味着水槽里没有给妈妈做饭用的水了，这时候，我正要去打猎。"

"'什啦——嘶'表示爸爸的鱼叉折了。要是我早一点想到，就不用画可笑的海狸图代表陌生人了！"

"啦！啦！啦！"特古迈爸爸说，挥了挥手里的棍子，皱着眉头，"哦，真麻烦啊！"

"我本可以把这个'什'画得很简单，"小塔菲继续说，"那样我就把你的鱼叉像这样都画折了！"塔菲画了起来。

"说得对。"特古迈爸爸说，"都是'啦'，这样就跟其他的图案不一样了。"于是，特古迈爸爸画了一个图案。"现在来看'呀'，哦，我们之前画过了。那就看'嘛如'，妈——妈——妈。妈妈不让说话，对吗？我们画一个不说话的嘴巴。"

特古迈爸爸画了一个不说话的嘴巴。

"然后是张开的鲤鱼嘴，发出'妈——妈——妈'的音！不过这个 r 音怎么办，塔菲？"

"这个声音好刺耳，就像爸爸用鲨鱼牙锯子锯木板做独木舟的时候发出的声音。"小塔菲说。

吉卜林 作品

"你是说鲨鱼牙太锋利了是吗，像这样？"特古迈爸爸说。于是，他画了一个图案。

　　"就是这样。"小塔菲高兴地说，"不过我们不需要那么多牙，只画两颗就够了。"

　　"我画一个。"特古迈爸爸说，"要是这个游戏能按照我们想的那样发展下去，我们就得让这些声音图片再简单一些。"于是，特古迈爸爸画了起来。

　　"好了，完成了。"特古迈爸爸单腿站起来说，"我要把这些图案画成一行，像鱼串在一起一样。"

　　"我们最好在词与词之间放上一根棍子或是什么东西，那样它们就不会混在一起，都有次序地一个挨着一个，就像鲤鱼一样。"

　　"哦，我给它们中间都留一点儿空吧。"特古迈爸爸说。他一鼓作气，在一小块桦木块上兴奋地画出了所有的图案。

　　"舒——呀——啦嘶呀——玛如。"塔菲把这些图案代表的声音大声读了出来。

　　"今天就到这里吧。"特古迈爸爸说，"而且，你也困了，塔菲小宝贝。别总是担心，孩子。我们明天一定完成这个游戏，很多很多年以后，你见过的最高的树被砍掉做柴烧的时候，人们就会想起我们。"

于是，小塔菲跟着爸爸回家了。那天晚上，特古迈爸爸坐在火堆这边，小塔菲坐在火堆那边，用烟灰在墙上画了很多"呀"、"哟"、"舒"和"什"，还一直"咯咯"地笑，妈妈说："说真的，特古迈爸爸，你比我的小塔菲还要顽皮呢。"

"妈妈，别生气。"小塔菲请求道，"这只是我们的秘密惊喜。亲爱的妈妈，等我们把这个惊喜完成，就会从头到尾都告诉你。但现在，求你别问了，要不然我可保不住秘密了。"

妈妈就没有问塔菲。第二天一大早，特古迈爸爸到河边去想新的声音图案。塔菲起床后，发现山洞外水槽边的大石头上画着'呀啦——嘶'几个字，代表水已经或者即将用完。

"嗯，"塔菲说，"这些图案发出来的声音真难听啊！要是爸爸走到我跟前，告诉我去给妈妈打水做饭就好了。"她走到屋后的泉水边，用桦树皮桶取水，把水槽加满了。然后，她便朝着河边走去，她扯了扯

吉卜林 作品

爸爸的左耳朵——小塔菲表现好的时候，爸爸就让她扯扯他的左耳朵。

"孩子，过来，我们把剩下的图案画完吧。"特古迈爸爸说。特古迈爸爸和小塔菲开开心心地过了一天，中午还吃了一顿丰盛的午餐，玩了两局蹦跳游戏。当他们画到 T 的时候，小塔菲建议说，既然她的名字和爸爸妈妈的名字都是 T 开头的，那么，他们应该画一家人手牵手的图案。他们画第一遍和第二遍的时候还挺好，但当他们画了六七次的时候，小塔菲和特古迈爸爸画得越来越潦草，最后 T 变成了长成细条的特古迈爸爸一手抱着塔菲、一手搂着妈妈的图案。

其他很多图案开始画得都过于漂亮，尤其是特古迈爸爸和小塔菲午饭前画的那些图案。但是，这些图案不断地在桦树皮上画了又画，就变得越来越简洁易懂了，最后就连特古迈爸爸也找不出图案的缺点。他们把"嘶嘶"作响的蛇颠倒过来，用 Z 来表示蛇轻柔地往后爬行。他们还给 E 想了个简单的图案，毕竟它出现的频率太高了；他们还用 B 来表示特古迈人敬畏的海狸；因为海狸的声音令人讨厌，还有鼻音，他们就画了 N 代表鼻子，一直画到他们累了为止；他们又给"嘎"音画了一个湖里梭鱼的嘴；接着又在梭鱼嘴后面画了一根鱼叉，表示刺穿鱼嘴时发出的"咔"音；他们还画了蜿蜒的瓦盖伊河，来表示风呼啸而过时的"哇"音。他们就这样画呀画，直到画出了所有他们想要的声音图案。于是，所有的字母就这样诞生了，一个都不少。

几千年过后，古埃及象形文字啦、社会学啦、尼罗文字啦、古老而简单易懂的字母 ABCDE 等等啦，再次变成了适当的外形，等亲爱的小朋友们长大了，

就可以学习了。

　　我至今还记得特古迈爸爸、小塔菲和小塔菲深爱的特苏迈妈妈。时间匆匆而过，仿佛刚刚他们还在瓦盖伊河边生活、嬉戏。

　　刻画了那个图形的所有的特古迈部落，

　　没有一个人还健在，

　　在布谷鸟啼叫的溪谷生活，

　　这里静谧一片，只有太阳在此经过。

　　但是，当那些纯真的岁月依然故我，

　　未受伤的心灵再次高歌，

　　塔菲在羊齿丛中穿过，

　　引领马车飞奔不辍。

　　她的额头挂满了蕨叶果，

　　金色的小精灵在上面飞过，

　　她的眼睛像宝石一样闪烁，

　　她的眼睛比晴空还要明澈。

　　她身披鹿皮，脚蹬鹿皮靴，

她毫不畏惧，轻灵自由地飘过，

她用小堆湿木冒出的烟雾，

告诉爸爸不要走错。

过去了很长时间啊，她一个劲儿地飞，

路途遥远啊，家园难回。

特古迈爸爸不顾路远身疲惫，

独自去寻找自己的心肝小宝贝。

吉卜林 作品

动物的恐惧是怎么来的

丛林法则——到目前为止这是世界上最古老的法则——已经为降临到丛林动物身上的种种命运做好了安排。到现在为止，这是时间和习惯所能打造的最完美的一套法则了。你应该记得，狼孩毛格利大部分时间都是在西奥尼狼群中度过的，他从灰熊巴鲁那里学会了丛林法则。当小男孩对始终如一的法则变得不耐烦的时候，巴鲁告诉他说，法则就像一棵巨大的攀援植物，缠绕在每个人的身上，谁也逃脱不了。"当你活到我这个岁数的时候，小兄弟，你会发现所有丛林动物至少要遵守某一条法则。这可不是闹着玩的。"巴鲁说。

毛格利对巴鲁的话是一个耳朵听，另一个耳朵冒。对于一个只知道吃完了睡，睡完了吃的小男孩来说，他不担心任何事情，除非哪天必须面对现实。然而有一年，巴鲁的预言实现了，毛格利亲眼见到整个丛林都遵守着自然法则。

事情是这样的，整个冬天一滴雨都没下，豪猪艾克在竹林遇见了毛格利，对他说野山芋都干死了。人人都知道艾克对食物过分挑剔，专挑又大又熟的果子吃。因此，毛格利笑着说："这跟我有什么关系呢？"

"现在是没什么关系。"艾克说，以一种冷淡地、让人觉得不舒服的方式把身上的硬刺抖得格格作响，"不久我们就等着瞧吧。你说我们现在还能不能到蜜蜂岩下面，底下全是石头的池塘里去潜水呢，小兄弟？"

"不能了。那可恶的水都已经干了，我可不想撞碎脑袋。"毛格利说。前几天他还十分肯定地说，他知道的事情和任何五个丛林动物加起来一样多呢。

"那你可就亏大了。你稍微试一下，可能会变得聪明起来。"艾克忽然迅速低下头，以免毛格利去扯他长在鼻子上的硬毛。后来毛格利把艾克的话告诉了

吉卜林 作品

巴鲁。巴鲁看起来一脸严肃的样子，他咕哝起来，像是自言自语："如果我独身一人的话，在其他人开始打算之前，我就会马上到别的地方狩猎。但是在陌生人当中狩猎，往往以争斗而告终，他们也会伤害人娃娃的。我们必须再等等，看看长叶雾冰黎的开花情况。"

那年春天，巴鲁最喜爱的长叶雾冰黎树并没有开花。有点发绿的奶油色的柔软的花朵还没开出来，就被热气杀死了。当巴鲁用后腿站立，晃动树的时候，一些气味难闻的花瓣掉落下来。然后，丝毫没有减弱的热浪一点一点地蔓延到丛林深处，丛林由黄变灰，最后变成了黑色。长在又深又窄的山谷边缘的绿色植物被烤成了焦脆的金属线，一层层地卷缩起来，死去了。隐蔽的池塘干涸了，淤泥结成了块，只在边缘处留下最后来访者的脚印，就好像用铁水浇铸的一样。攀援植物那鲜嫩多汁的茎从附着的树上掉下来，干死在地上。竹林枯萎了，热风一吹，发出"叮叮当当"的响声。苔藓也从丛林深处的岩石上剥落下来，最后岩石也变得像河床上抖动的蓝色鹅卵石那样光秃秃的、热乎乎的。

今年一早，鸟群和猴群就向北迁徙，因为他们知道即将发生的事情。鹿和野猪开始出现在那几个村庄不长庄稼的土地上，有时奄奄一息，虽说那些身体虚弱的人类无法猎杀他们，动物们还是慢慢消失了。老鹰契尔留了下来，并且开始发福，因为有很多动物尸体的腐肉供他享用。一晚又一晚，他把死讯带给那些身体虚弱、无法赶到新的狩猎地的动物们。就这样，太阳对丛林里四下逃窜的动物们进行了为期三天的杀戮。

毛格利原来从不知道真正的饥荒意味着什么，现在却只能依靠变质的蜂蜜果腹。那些蜂蜜存了足有三年之久，他把蜂蜜从岩石上被遗弃的蜂巢里刮出来。蜂蜜看上去像黑刺李一样黑，上面结满了干糖。他还在树皮底下挖蛆虫，抢夺黄蜂新产的卵。丛林里所有的动物都变得瘦骨嶙峋，巴格西拉晚上要出去狩猎三次但还是难以填饱肚子。口渴是最难熬的，尽管丛林里的动物们很少喝水，但他们必须一次喝个够。

炎热一直持续，吸干了所有的水分，直到瓦恩古卡河的主要河流成为唯一的水源地，死气沉沉的河岸

吉卜林 作品

中间有一条细流。活了一百多岁的野象海蒂看见河水中间露出一块长长的、贫瘠的蓝色岩脊，他知道自己看见的是"和平石"。于是，他像五十年前他父亲生前所做的那样，抬起象鼻，宣告水中停战期到了。鹿、野猪、水牛也开始嘶哑地大叫起来。老鹰契尔在高空中划着大圈盘旋起来，嘴里吹着口哨，尖叫着发出警报。

根据丛林法则，当干旱来临的时候，在水源区猎食就是找死，因为喝水比吃饱肚子更重要。不知道为什么，只缺乏食物的时候，动物们会互相争夺。但水就是水，当只剩一处水源地的时候，所有的狩猎活动

都停止了，生活在丛林里的动物们都到这儿饮水。在风调雨顺的季节里，水源充足，那些到外赣噶河饮水的动物们——或者到任何水源地饮水——那就要冒生命危险了，然而这种冒险正是夜晚狩猎活动的魅力所在。动物们灵巧地走下河岸，连一片叶子也不晃动；他们站在过膝的浅滩上，轰鸣声掩盖了身后所有声音；他们边喝水，边转头向后看，每一块肌肉都为强烈恐惧下的拼命一跳做好准备；他们在布满沙子的河边打一个滚，然后带着湿润的嘴巴，圆滚滚的肚子返回兽群。这是每只长着高角的年轻雄鹿都乐此不疲的事情，因为他们知道巴格西拉或者施尔汗可能在任何时候跳到他们身上，并将他们压在身下。但是，现在所有生与死的乐趣都结束了，老虎、熊、鹿、水牛和猪这些饥肠辘辘、疲惫不堪的动物们全都一起来到干涸的河边，一起喝着发臭的河水，在这里逗留徘徊，他们太累了，实在走不动了。

鹿和野猪整天迈着沉重的步子，搜寻比干树皮和枯叶味道好一些的食物。水牛们发现已经没有泥沼可供自己纳凉了，也没有农作物可以偷了。蛇离开丛林，

吉卜林 作品

来到河边，想要找到一只迷路的青蛙。他们缠绕在湿漉漉的石头上，当拱来拱去的野猪用鼻子驱赶他们的时候，他们也不会主动发起攻击。河龟在很早以前就被最聪明的猎手巴格西拉杀绝了，鱼儿则把自己深深埋在干泥巴下面。只有"和平石"像一条长蛇似地横在浅滩上，疲倦的水中波纹在岩石的向阳面上被烤干，发出"嘶嘶"的响声。

毛格利每晚都来到这里，要么纳凉，要么找伙伴们玩。这时，他那饥肠辘辘的敌人们对他漠不关心，因为他那裸露的皮肤让他看起来比其他任何同伴更加瘦弱、可怜。他的头发被晒成了两种颜色，他的肋骨跟向外突出，酷似篮子上的竹条。还有他习惯于四肢着地奔跑，所以膝盖和肘部都磨出了老茧，这让他那瘦小的四肢看起来就像打了结的野草一样。可是，他粗糙的额发下面的那双眼睛既镇定又安静，因为巴格西拉在他遇到麻烦时，总会给他当顾问，告诉他要静悄悄地接近猎物，慢慢地狩猎，无论如何也不要失去耐心。

在一个热如蒸笼的晚上，黑豹说："这个季节可真让人讨厌，不过，要是我们能活下来的话，一切就会过去的。人娃娃，你吃饱了吗？"

"我吃了一些东西，但消化不了。你是怎么想的，巴格西拉，雨季是不是忘记我们了，是不是不会再来了？"

"我可不这么想！我们还会看到长叶雾冰黎开花的，瘦小的幼鹿被新鲜的嫩草喂得肥肥的。咱们一起到"和平石"那儿去打探一下消息。到我的背上来吧，小兄弟。"

"你哪儿还有力气驮着我，我自己能走。但是，我们的确不再是肥胖的小公牛了，咱们俩。"

巴格西拉瞅了瞅自己那皮毛粗糙、沾满灰尘的侧腹，低声说："昨晚我杀死了一头套在牛轭下的小公牛。我无精打采地接近他，我想要是他被松开的话，我都不敢扑上去。哇哦！"

毛格利大笑起来："是呀，我们现在是优秀的猎手。"笑完，接着说："我也很勇敢——敢吃蛆虫了。"说完两人一起穿过劈啪作响的灌木丛，走到河岸上，来到像蕾丝花边似的四处伸展的沙洲上。

吉卜林 作品

"这股水不久就干了。"巴鲁边说，边加入到他们的行列中来，"快看啊，那边的小路好像是人踩出来的。"

在遥遥相对的平坦的河对岸，丛林中坚硬的野草耸立在那里，慢慢死去，变成了一具具干尸。鹿和野猪踩出来的小路全都通向河流，穿过三米高的野草丛将苍白的平原饰以一条条尘土飞扬的沟渠。早些时候，每条大道上都挤满了匆匆赶往水源地的动物。你会听到雌鹿和幼鹿在灰尘中咳嗽的声音。

在河流上游"和平石"周围那座死气沉沉的池塘拐弯处，站着水中休战期的监管员野象海蒂。月光下，他那消瘦的、暗灰色的儿子们前后摇动着象鼻——一直不停地摆动着。他的下游位置是鹿群的头领，再往下是野猪和水牛。河对岸，高高的树木垂到水边，这里是食肉动物老虎、狼、黑豹、熊和其他动物的栖息地。

"我们的确在遵守着同一项丛林法则。"巴格西拉说着，蹚进河水中，眼睛盯着对岸。这时候，对岸的鹿和野猪正相互推搡，挤得前仰后合，鹿角发出"咔哒咔哒"的响声，同时兽群的眼睛里流露出受惊的神色。

"祝你们打猎愉快！你们都是我的亲兄弟。"他补充道。然后伸长四肢趴在浅滩上，肚子朝上。接着，他从牙缝里挤出一句："要不是丛林法则的约束，这可是绝好的狩猎机会啊。"

双耳灵敏的鹿群听到了最后一句话，于是受惊的鹿群中开始窃窃私语。"休战期！记得现在是休战期！"

"请大家安静，安静！"野象海蒂从喉咙中发出"咯咯"声，"巴格西拉，停战继续。现在不是讨论狩猎的时候。"

"谁有我心里清楚呢？"巴格西拉一边回答，一边将目光转向河流上游，"我捕食乌龟，还抓青蛙。天哪！吃树叶我能消化得了吗？"

"我们但愿你这么做才好。"一只幼鹿抱怨说。他是今年春天降生的，但看起来一点儿也不像。听到这话，处境悲惨的丛林动物们，甚至连海蒂都忍不住"咯咯"地笑起来。这时候，双肘撑起来、身子卧在温暖的河水里的毛格利也哈哈大笑，双脚激起阵阵水花。

"说得好啊，小东西！"巴格西拉咕噜咕噜地说，"等休战期结束时，你最好还记得你说过的话。"说

吉卜林作品

完他那敏锐的双眼在黑暗中看了过去，想要重新认识一下那只小鹿。

　　渐渐地，整个水源地都响起谈话声。你会听到扭来扭去、哼哼唧唧的野猪想要得到更多空间时发出的声音、水牛群脚步蹒跚走过沙洲的时候，嘴里发出呼噜呼噜的声音，还有鹿群正在讲述他们为了寻找食物而走到脚疼的悲惨经历的声音。他们还时不时地向河对岸的食肉动物们问一些问题，但得到的都是坏消息。丛林里的热风呼啸而来，吹过岩石和格格作响的树枝，将细枝、尘土吹落到水中。

　　"人类也很不幸，他们死在耕田旁边。"一只年轻的黑鹿说，"今天，从日落到夜晚这段时间里，我就看到过三个。他们一动不动地躺在那里，他们的小公牛就在他们旁边。我们也应该静静地躺一会儿。"

　　"从昨天夜里以来，水位就开始下降了。"巴鲁说，"噢，海蒂，你见到过这样的干旱吗？"

　　"会过去的，会过去的。"海蒂说着，把水喷在自己的后背和身体两侧。

　　"我们当中有个人支撑不了多久了。"巴鲁说，说完后扭头瞅着自己心爱的男孩。

"你是说我吗？"毛格利从水里坐起来，气愤地说，"我没有毛皮遮盖我的身体，但是——但是如果你们的毛皮被剥掉的话，巴鲁……"

海蒂被他的想法吓得浑身发抖，巴鲁严肃地说："人娃娃，这听上去可不像是在和丛林法则老师讲话啊。我是永远不会被剥掉毛皮的。"

"巴鲁，你别介意，我没有恶意；只不过你看起来就像包在荚里的可可豆一样，而我就是一个扒了皮的可可豆。既然你那灰色的豆荚……"毛格利双腿交叉坐起来，说话的时候习惯性地伸出食指，这时巴格西拉狂怒地伸出一只爪子把他向后按进水里。

"越来越糟了。"黑豹说。这时，毛格利从水里扑腾着爬了起来。"首先，巴鲁就要被剥掉皮，那么现在他也变成一个可可豆了。但需要注意的是，他可不会做一个成熟的可可豆会做的事情。"

"什么事情？"毛格利问道，他暂时放松了警惕，尽管警惕性高是丛林中自古以来的护身法宝之一。

"打断你的脖子。"巴格西拉静静地说，边说边

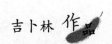
吉卜林 作品

又把毛格利按进水里。

"拿你的老师开玩笑可不好。"熊说。于是,毛格利第三次被按入水中。

"不好!你是怎么了?这个身上没毛的小东西来回拿我们这些曾经威风八面的猎手开玩笑,而且还拽我们其中最优秀的那位的胡子寻开心。"这话出自瘸腿老虎施尔汗之口,他一瘸一拐地走到水中。他等了一会儿,看到自己在对岸的鹿群中引起了恐慌,他真是心情舒畅。接着他低声咆哮着说:"现在丛林已经变成了光溜溜的刚出生的小崽子的天下了。看着我,人娃娃。"

毛格利看过去——瞪着他——以他所知道的、相当无礼的方式。过了一会儿,施尔汗不自在地转过脸去。"人娃娃这样,人娃娃那样。"他咕噜噜地边说,边继续喝水,"这个娃娃既不是人,也不是兽,否则的话他会感到害怕的。下个季节,希望我再来喝水的时候他已经走掉了。"

"这倒有可能,"巴格西拉从容地正眼看着他说,"这倒有可能——呸,施尔汗——你到这儿来,又有什么不要脸的事要说？"

瘸腿老虎把下巴和脸浸到水里，他那油光发亮的黑色条纹浮在水面上。

"人类！"施尔汗满不在乎地说，"一小时之前我大开杀戒。"他"呼噜呼噜"地低声咆哮着，继续自言自语地说。

兽群听到这里，开始瑟瑟发抖，前摇后晃，窃窃私语声响了起来，并渐渐汇聚成了一句哭喊。"人！人！他杀了人！"接着，所有人都看着野象海蒂，但他仿佛什么也没有听见。在时机尚未成熟之前，海蒂是不会采取任何行动的，这就是他为什么能活这么久的原因。

"在这样一个季节里去杀人！难道就没有其他猎物可以猎杀了吗？"巴格西拉鄙夷地说。接着他从被污染的水中站起来，像过去一样甩了甩每只爪子，酷似一只猫。

"我杀死他们，可是有选择性的，我并不是为了食物。"惊恐的低语声再次响了起来，接着，海蒂那警惕的白色小眼睛往施尔汗的方向斜视了一下。"选

吉卜林 作品

择性的！"施尔汗拖长腔调，慢吞吞地说，"现在我来喝水，并把自己浑身上下弄干净。这有什么不妥吗？"

巴格西拉的后背弯得如同大风中的竹子，海蒂抬起象鼻平静地说道："你是有选择性地进行猎杀吗？"海蒂问话的时候，被问者最好如实回答。

"算是吧。这是我的权利，我的夜晚。你是知道的，噢，海蒂。"施尔汗客气地说。

"不错，我知道。"海蒂回答说。沉默了一会儿之后，海蒂接着说："你喝饱了吗？"

"今天晚上是喝饱了。"

"那就快走吧。这条河是用来喝水的，不是用来亵渎的。只有瘸腿老虎才会在这个季节夸耀他的权利，当大家都在一起苦苦煎熬的时候——人类和丛林动物都一样。不管你守不守丛林法则，回到你的窝里去吧，施尔汗。"

海蒂说最后一句话的声音就像在吹小银喇叭，他的三个儿子向前挪动了半步，尽管大可不必如此。施尔汗灰溜溜地离开了，不敢咆哮一声。因为他知道——其他人也都知道——就算到了世界末日那一天，海蒂也是丛林的主宰。

"施尔汗有什么权利？"毛格利在巴格西拉耳边小声说，"杀人一直以来就被认为是可耻的。丛林法则是这么说的。而且海蒂也说过……"

"你问他吧。我不知道，小兄弟。不管有没有权利，即使海蒂不说，我也会给那个瘸腿的刽子手好好上一课的。刚杀过人就来到'和平石'——还拿这个吹嘘——一副豺狼行径。另外，他还弄脏了清澈的河水呢。"

毛格利等了一会儿，振作了一下，因为没有人敢直接向海蒂问话，他就喊道："施尔汗的权力是什么呢？

噢，海蒂。"两边河岸回荡着他的问话。虽然丛林里的动物们都非常好奇，但他们心里都有数，巴鲁也不例外。他看上去似乎在沉思，好像对此心知肚明。

"那是一个古老的传说。"海蒂说，"一个比丛林还要老的传说。河岸两边的动物安静一会儿，我要讲这个故事了。"

有几分钟的功夫，野猪和水牛都在挤来挤去，接着，每一个兽群的首领一声接一声地"哼哼"着说："我们等着听呢。"海蒂走上前来，一直走到"和平石"附近几乎过膝的河水里。尽管他身体瘦弱，浑身布满皱纹，长着黄色长牙，但他知道丛林里的动物很明白——他是他们的首领。

"你们知道，孩子们，"他开始讲述，"让你最害怕的东西是人。"接着传来一声低语声，表示同意。

"这个故事是关于你的，小兄弟。"巴格西拉对毛格利说。

"关于我的？我是狼群的一分子——是自由的丛林居民中的一个猎手。"毛格利回答说，"我跟人有什么关系呢？"

"你们不知道你们为什么害怕人吗？"海蒂继续说，"这里面的原因要从丛林起源的时候说起，没有人知道是什么时候，我们和丛林一起诞生，彼此没有恐惧。那个时候没有干旱，树叶、花朵和水果长在同一棵树上，除了树叶、花朵、草、水果和树皮之外，我们什么也不吃。"

"我很高兴自己没有出生在那个时候。"巴格西拉说，"树皮只能用来磨爪子。"

"丛林之神名叫泰，他是第一头大象。他用象鼻把丛林从深水里捞上来，用象牙在地上犁出深沟做成河道。他的脚踏过的地方，冒出许多淡水。他用象鼻吹气的时候，大树就落下来。泰就这样创造了丛林。这就是我听来的故事。"

"故事说起来倒是一点儿也不费劲。"巴格西拉小声说。毛格利在他身后大笑起来。

"那时候没有谷物、甜瓜、胡椒，没有甘蔗，也没有你们今天所看到的任何小屋。丛林里的动物们对人类一无所知，大家一起居住在丛林里，就像一家人一样。但是不久后，他们就开始互相争夺食物，尽管

吉卜林 作品

所有的动物都有足够的食物可吃。他们都很懒。谁都想在自己躺着的地方吃喝，就像有时我们在春雨充足时所做的那样。第一头大象泰正忙于创造新的丛林，并把河水引向河床。他不能分身走遍所有地方，所以，他创造出丛林的主宰和法官，第一头老虎。丛林动物们发生争论时，可以去找老虎。那时第一头老虎和其他动物一起吃水果和青草。他和我一样高大，而且他很漂亮，他的颜色看起来就像黄色攀援植物的花朵一样。在丛林刚刚诞生的那些美好的日子里，他的皮毛上没有条纹，也没有横杠。你们要记得，当时我们还是一家人。"

"然而有一天晚上，两只雄鹿之间发生了争吵——因为草场引起的争吵，就像你们现在用角和前蹄来解决的那样——话说这两只雄鹿一起到躺在花丛中的第一头老虎这里来评理。其中的一只雄鹿用角推了推他，第一头老虎忘了自己是丛林的主宰，他一下子跳到雄鹿身上，咬断了他的脖子。"

"在那天晚上之前，我们当中没有任何一个死去。第一头老虎看到自己犯下的错误之后，当场被鲜血吓傻了，就逃到北方的沼泽地里去了。丛林里的动物们失去了法官，互相争斗起来。泰听到了打闹声，赶了回来。动物们各说各理，但泰发现了躺在花丛中死去的公鹿，就问是谁杀死了他，丛林里的动物们谁也说不上来，因为鲜血的味道让我们变得愚蠢。我们围着圈儿，跑来跑去，又跳又叫地直摇头。然后泰命令低垂的大树和丛林中的藤蔓植物，让他们在杀死公鹿的凶手身上留下记号，这样他就能认出他了。他问：'现在谁想成为丛林动物的主宰？'住在树上的灰猿跳出来说：'我想成为丛林的主宰。'"

泰听到这话，就大笑着说："那就是你吧。"然后就怒气冲冲地离开了。

"孩子们，你们都了解灰猿吧。他当时和现在一个德行。开始的时候，他假装自己很聪明，但是刚过一会儿，他就开始抓耳挠腮，上蹿下跳。泰回来时，看到灰猿倒挂在一根大树枝上，取笑站在树下的动物。由此可知，丛林里根本就没有法则可言——只有愚蠢的谈话和废话。"

"泰就把我们召集起来说：'你们的第一个主人

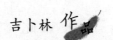

给丛林带来了死亡，第二个带来了耻辱。该创造一种丛林法则了，一种你们都必须遵守的丛林法则。现在你们将会知道什么是恐惧，当你们找到恐惧的时候，他就是你们的主人，其他人也必须听从他。'丛林里的动物们就问：'什么是恐惧？'泰回答说：'去寻找吧，直到你们找到为止。'因此我们开始在丛林里四处寻找恐惧，不久水牛们说……"

"啊！"领头的水牛麦萨从它们所在的沙河岸上说。

"不错，是麦萨，就是水牛。他们带回消息说恐惧就在从林中的一个山洞里，'恐惧'没有头发，后腿直立着行走。我们听说后，就跟着牛群来到山洞，恐惧就站在洞口。就像水牛所说的那样，他浑身没有毛发，后腿直立着行走。当他发现我们的时候，他大叫起来，他的声音让我们的心里充满了恐惧。就像现在这样，每当我们听到这种声音的时候，我们就会互相踩踏、撕扯着抱头逃窜，因为我们非常害怕。据说那天晚上，丛林里的动物们没有按照惯例躺在一起睡觉，每个族群都主动换了地方：猪和猪待在一起，鹿和鹿待在一起；长角的待在一起，长蹄子的待在一起。好像有人故意把他们分了类，大家就这样躺在丛林里浑身发抖。

"只有第一头老虎没和我们在一起，因为他仍然躲在北方的沼泽地里。我们在山洞中的所闻所见传到他的耳朵里之后，他说：'我去会会这个东西，看我不咬断他的脖子。'他跑了整整一个晚上才来到山洞，但是树木和葡萄植物挡在他的路上，他们牢记泰的命令，将枝条垂到地上。老虎跑动的时候，他们就把手指缠绕在他的背上、肚子上、额头上还有脸上。老虎那黄色的皮毛上被树木和攀援植物所触及的每一个地方都留下了一道条纹作为记号。直到今天，他的子孙的身上还带着这种条纹。他来到山洞的时候，浑身上下没长毛发的'恐惧'伸出手对他说道：'那只浑身长满条纹的动物趁着黑夜跑来了。'第一头老虎害怕这个浑身没毛的东西，就嚎叫着跑回沼泽地。"

毛格利下巴浸在水中，听得暗自发笑。

"老虎嚎叫的声音很大，泰听到了他的叫声说，'你为什么悲伤啊？'老虎抬起鼻子对着刚刚创造的，

吉卜林 作品

而现在对他来说已经很熟悉的天空回答说：'把我的力量还给我吧，噢，泰。在所有的丛林动物面前，我感到羞愧，我刚从一个浑身无毛的家伙那里跑回来，他用一个很丢人的名字称呼我。''这是为什么呢？'泰问。'因为我身上的皮毛被沼泽地里的烂泥弄脏了。'第一头老虎说。'去河里洗一下吧，然后到湿草地上打几个滚，如果你身上沾的是泥巴的话，就会洗掉。'泰说。第一头老虎就去河里洗了一下，然后在草地上拼命打滚，直滚到丛林开始在他眼前旋转起来，皮毛上的条纹还是丝毫没有消失。这时，泰望着他大笑起来。

第一头老虎说：'为什么我会变成这副模样？'泰说：'你杀死了公鹿，从而给丛林带来了死亡，伴随死亡而来的就是恐惧，因此，丛林里的动物们互相畏惧，就像你们老虎害怕没有毛的家伙那样。'第一头老虎说：'动物们不会害怕我的，我们从丛林被创造的那天起，就彼此熟悉。'泰说：'你自己去看吧。'第一头老虎跑来跑去，大声召唤着鹿、野猪、黑鹿、豪猪和所有的丛林动物，但所有的动物都吓得从他们原来的法官身边跑开了，因为他们害怕他。

"后来第一头老虎跑了回来，他那颗骄傲的心彻底碎了。他用头撞地，用爪子刨着地面说：'要知道我原来可是丛林的主人啊。不要忘记我，噢，泰！让我的子孙们知道，我曾经清白一身，而且无所畏惧！'泰说：'我会这么做的，因为你和我一起目睹了丛林的创造过程。每年都有一天晚上，丛林恢复公鹿没被杀死之前的那个样子——为了你和你的子孙后代。那天晚上，要是你遇到浑身无毛的家伙——他的名字叫做人类——你就不会害怕他，而他会害怕你，仿佛你就是丛林的法官，万物的主宰。在那天晚上对人类的恐惧表

吉卜林 作品

示怜悯吧，因为你已经知道了恐惧的滋味。'"

"于是第一头老虎说：'我满足了。'但当他来到河边喝水，看到自己腹部和身体两侧的条纹时，就会记起人类称呼他的那个可耻的名字，他就生起气来。他在沼泽地里生活了将近一年，直到泰兑现他的诺言。有一天晚上，当月亮上的豺狼，也就是晚星，清晰地出现在丛林上空的时候，他觉得属于自己的那个夜晚终于到了，他就到山洞去找人类。然后就像泰承诺的那样，人类在他面前倒下去，躺在地上，第一头老虎袭击了他，咬断了他的脖子。正当老虎在死去的人类身上嗅来嗅去的时候，他听见泰从北方森林里走了过来。过了一会儿，第一头大象开始说话了，就像我们今天听到的那样……"

"隆隆"的雷声传遍了所有干燥、裸露的山丘，但是雨并没有降下来，只有炎热。闪电在山脊上闪烁。海蒂继续说："这就是老虎听到的声音，那个声音说：'这就是你的怜悯吗？'第一头老虎舔着嘴唇说：'这有什么关系？我已经杀死了恐惧。'泰说：'唉，你真是盲目又愚蠢！你松开了死亡的双脚，他会跟随你，直到你死去。你教会了人类杀戮！'"

"第一头老虎仍然坚定地认为自己杀死人类是正确的。他说：'他就像那只公鹿一样被我杀死了。现在恐惧不存在了。我将再一次成为丛林动物们的法官。'"

"泰说：'丛林动物们再也不会拥护你了。他们再也不会和你走同一条路，睡在你旁边，跟在你后面，或者在你的窝边吃草。只有恐惧会伴你一生，当恐惧袭击你时，你根本察觉不到，恐惧可以随心所欲地命令你，会让你脚下的地面裂开，让攀援植物缠住你的脖子，让树干长在一起围住你，而你却跳不出去。最后，当恐惧觉得冷的时候，会用你的皮毛来包裹他的孩子。你没有对他表示怜悯，所以他们当中也没有人会对你表示怜悯。'"

"第一头老虎变得十分胆大妄为，因为属于他的那个夜晚还没有结束，因此他说：'泰的承诺就是泰的承诺。他不会夺走属于我的夜晚，对吧？'泰说：'就像我保证的那样，这天晚上是属于你的，但你这么做，是要付出代价的。你教会人类如何杀戮，他们学得可不慢啊。'"

吉卜林 作品

"第一头老虎说：'他就躺在我的脚下，他的脖子已经断了。让丛林里的动物们知道我已经杀死了恐惧。'"

"泰听了老虎的话，大笑起来，接着说：'你只是杀死了其中一个人，但是你自己必须告诉丛林里的动物——属于你的夜晚已经结束了。'"

"天亮了，从洞口又走出一个人来。他在路上发现了死去的人，第一头老虎就站在那条小路上，人就拿起一根尖头木棍……"

"他们扔出一个东西，这个东西可以切割别的东西。"艾克说，他在河岸底下弄出了"沙沙"的响声。龚德人把艾克当做难得的美食，他们叫他赫益谷，他了解一种邪恶的小型龚德斧，这种斧头可以像蜻蜓一样旋转着穿过林中空地。

"那是一种尖头木棍，就像他们在深坑陷井里安放的那种一样。"海蒂说，"他将木棍掷向老虎，击中了老虎的腹部。就像泰所说的那样，第一头老虎嚎叫起来，在丛林里四处逃窜，直到他把木棍拔出来。丛林里的所有动物都知道了人类可以从很远的地方发起攻击，他们比以前更加害怕了。结果第一头老虎教会了人类杀戮——你们都知道这件事从一开始就给我们带来了多大的伤害。像什么套索啊、陷阱啊、隐藏的夹子啊、飞舞的木棍啊、伴随着一阵白烟射出来的毒刺（海蒂指的是步枪）啊，还有将我们赶到开阔处的红色火焰啊，等等，这些都用上了。虽然泰保证过一年当中有一天晚上人类会害怕老虎，但并没有让他以此为借口变得肆无忌惮啊。这天晚上，老虎一发现人类，就会将他杀死，好为第一头老虎雪耻。除此之外，就只剩下恐惧在丛林里整日整夜地游荡。"

"啊！噢！"鹿边说，边思考着这些对他们来说意味着什么。

"只有当一种巨大的恐惧超越其他的时候，现在就是这样，我们把小恐惧暂且放到一边，就像这样团聚在同一个地方。"

"只有一天晚上人类会害怕老虎吗？"毛格利问。

"只有一天晚上。"海蒂说。

"但是我——但是我们——但是所有动物都知道施尔汗在好几个晚上都杀过人。"

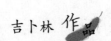
吉卜林 作品

"虽然如此，但当他发起攻击的时候，他从后面扑上来，并且把头歪向一边，这是因为他的心里充满了恐惧。如果人正视着他的话，他就会逃走。但是在属于他的那个晚上，他就会公然地到山下的村庄里去。他走在房屋中间，把头从门口探进去，如果有人脸朝下倒地，他就会杀掉他。这天晚上只能杀一个人。"

"啊！"毛格利在水里打着滚，自言自语地说，"现在我知道为什么施尔汗让我看着他的眼睛了！他没捞到什么好处，他没办法让自己的眼睛保持平静，还有——还有我肯定不会倒在他的脚下。再说了，我不是一个人，我是自由自在的动物中的一员。"

"嗯！"巴格西拉的喉咙深处发出声音，"老虎怎么知道属于他的夜晚到来了呢？"

"直到月亮上的豺狼穿过傍晚的薄雾，清晰地出现在天空中的时候。属于老虎的那个夜晚有时出现在干燥的夏季，有时出现在潮湿的雨季。但对于第一头老虎来说，那天晚上他无所畏惧，我们当中的任何一个动物也是如此。"

鹿群痛苦地哼哼着。巴格西拉撅起嘴唇，露出顽

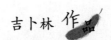
吉卜林作品

皮的微笑："人类知道这个——故事吗？"

"没有人知道这个故事，除了老虎和我们，大象是泰的子孙。现在围着池塘旁边的动物们都知道了，我刚才都讲过了。"

海蒂把鼻子浸到水里，意思是说他不想再说什么了。

"但是……但是……但是……"毛格利转身对巴鲁说，"为什么第一头老虎不继续吃草，吃树叶和树皮呢？他只是弄断了公鹿的脖子，可是，他并没有吃掉他啊。是什么原因让他开始吃肉的？"

"树木和攀援植物在他身上留下了记号，小兄弟，把他变成了今天我们所见的浑身长满条纹的动物。他会再去吃他们的果实吗？从那天起，他就开始找鹿和其他食草动物报仇了。"巴鲁说。

"这么说你知道这个故事喽。嗯？为什么我从来没有听说过？"

"因为整个丛林到处都有这样的故事。我要是领头说的话，那就会传得没完没了。小兄弟，你让我的耳根子清净一下吧。"

◇ 原来如此 ◇

溪水稀少——池塘干得底朝天，

你和我是一起玩耍的好伙伴；

嘴巴合不拢，灰尘浑身沾，

你挤我来我挤你，河岸上面排排站；

一次大旱，生灵涂炭，

探索呀，杀戮呀，全收敛。

君不见，幼鹿坝底睁眼看，

狼群瘦弱骨嶙峋，瑟缩恐惧史无前。

高大的雄鹿气定神闲，

不惧那杀父的獠牙尖。

池水稀少——小溪干得底朝天，

你和我是一起玩耍的好伙伴，

天南海北心不变，祝你打猎圆满！

天降甘露，解除我们的水中休战。

吉卜林 作品